-A.W. BENEDICT-
Beanstock
-EIN WHISKY ZU VIEL-

Umschlaggestaltung: www.wolf-photoart.de

Coverfoto lizensiert von: Charlie Dailey Photography
www.charliedailey.com
Foto/Katze/lizensiert durch iStock
Schriftdesign: Tobias Wieduwilt

Korrektorat: SchriftWerk - Jona Gellert

© 2020
Herstellung und Verlag: BoD – Books on Demand, Norderstedt.
ISBN 9783751913607

Bibliografische Information der Deutschen Nationalbibliothek:
Die Deutsche Nationalbibliothek verzeichnet diese Publikation in der Deutschen Nationalbibliografie;
detaillierte bibliografische Daten sind im Internet abrufbar

„Es gibt Augenblicke
in denen eine Rose wichtiger ist
als ein Stück Brot."

Rainer Maria Rilke

8

Eins zwei drei vier Eckstein,
alle müssen versteckt sein

„Leise", wisperte das Kind. Auf den ersten Blick hätte man meinen können, einen Jungen vor sich zu haben. Extrem kurz geschnittenes Haar, ein eckiges, aber sehr hübsches Gesicht und der Körper so schmal, dass er ohne Probleme durch Gitterstäbe passte. Doch M war ein Mädchen. Sonst gab es nur Jungen in der Kinderbande.

Die Öffnung war klein, aber für die Kinder kein großes Hindernis. Vor ein paar Nächten waren sie schon einmal hier gewesen und hatten zwei Stäbe gefunden, die sich mit einem Werkzeug leicht verbiegen ließen. Das Mädchen kletterte hindurch. Es war mager, eigentlich viel zu dünn für sein Alter, so wie die gesamte Kindertruppe.

Der Chef hielt sie an der kurzen Leine. Dazu gehörte es, am Abend in das Hauptquartier zurückzukehren, gesammelte Informationen und Beute auf den Tisch zu legen, ohne Ausnahme und komplett, und eine Standpauke, wenn etwas nicht nach den Vorschriften des Chefs lief. Es war immer das gleiche Prozedere. Meist hatte er etwas zu meckern und so bekamen sie vor dem Schlafengehen, nur wenig zu essen. Der Chef meinte, ein hungriger Magen wäre besser für sein

5

Geschäft. Das galt natürlich nicht für ihn selbst. Er war wohlgenährt und seine Freunde ebenfalls. Zumindest ersparte man den Kindern die schmerzhafte Tätowierung, die beim Chef üblich war.

Magere und schmale Kinder passten gut durch Fenster und Kellerlöcher. Vor allem beachtete niemand die Kinder. Sie fielen nicht auf. Sie waren unscheinbar gekleidet und hatten für jeden Zweck ein Schlupfloch, in das sie sich zurückziehen konnten, wenn es brenzlig wurde.

„Ich habe Angst", flüsterte der kleine T. Man kannte sich nur mit dem Buchstaben, den der Chef festgelegt hatte. So konnte man, wenn es einmal zu einer Verhaftung kam, niemanden verraten. Wenn sich jemand nicht an diese Regel hielt, gab es eine Strafe.

Das Mädchen an der Spitze der Gruppe krabbelte zu dem kleinen Jungen.

„Ich habe solche Angst", erklärte er zitternd erneut.

Das Mädchen umfasste die Schultern des Kindes und sah ihm in die Augen.

„Was passiert, wenn wir nach Hause kommen und nichts mitbringen?", sagte sie leise.

„Kein Essen und Prügel", flüsterte der Junge und sah beschämt zu Boden. „Aber das ist doch gar nicht unser Zuhause", fügte er noch leiser hinzu.

„Es ist das Zuhause, das wir kennen. Ich bin schon sehr lange dabei und ich möchte nicht wieder auf der Straße leben, du etwa? Oder willst du in eines dieser Heime? Wir müssen einfach gute Arbeit abliefern, dann wird alles gut, glaub mir, T."

Der kleine Junge zitterte unkontrolliert.

Sie sah, dass dem Jungen Tränen an den Wangen herabliefen. „O", sagte sie leise zu einem anderen Jungen, der schon größer war und die Augen genervt verdrehte. „T bleibt hinten. Er soll auf der Straße aufpassen. Du kommst auf seinen Platz."

„Ich wusste, dass wir dieses Weichei zuhause lassen sollten. Er ist einfach zu dämlich", antwortete O, ein Junge mit langen, dürren Beinen. Er trug eine zerschlissene, braune Hose, die viel zu groß für ihn war.

Ein böser Blick traf T. Dann wechselte er mit ihm den Platz und T lief zurück zur Straße.

Das Mädchen war inzwischen durch den Zaun geklettert und stand aufrecht mitten in einem Garten. Es duftete nach Rosen und Flieder. Die vier anderen Jungen bauten sich neben ihr auf. Mit einem Fingerzeig wies sie jedem seinen Platz zu. Worte waren unnötig. Sie waren ein eingespieltes Team. O und zwei Jungen schlichen zu den Kellerfenstern des Hauses. M und die zwei anderen Jungen standen nach kurzer Zeit vor dem breiten Tor am Eingang. Mit einem gekonnten Dreh und einem Dietrich öffnete sich das Tor lautlos. Vor dem Haus wartete ein Lieferwagen. Neben der geöffneten hinteren Tür wartete ein Mann. Er rauchte und spielte mit dem feinen Hut in seiner Hand. Er nickte den Kindern nur zu.

Inzwischen hatten O und seine Helfer ein Kellerfenster geöffnet und waren im Haus. Zuerst ließen sie M und die anderen Kinder durch die Vordertür herein, dann ging alles sehr schnell.

Der Mann vor dem Tor hatte einen Helfer, der gerade aus dem Wagen stieg. Er war riesig, man konnte fast sagen, dass er eckig wie ein Würfel war.

Sie schlichen sich vorsichtig, nach den Nachbarhäusern umsehend, zur Eingangstür und nahmen die Beute in Empfang. Nach einer guten halben Stunde wäre alles vorbei. Der Wagen würde sich entfernen und die Kinder sollten auf getrennten Wegen zum Hauptquartier zurückgehen.

Vor ein paar Tagen hatten sie ausgekundschaftet, dass die Bewohner das große Haus mit den weißen Säulen vor dem Eingang mit gepackten Koffern verlassen hatten. Die beiden Kinder der vornehmen Herrschaft, denn das war das Ehepaar ihrem Aussehen und Auftreten nach, waren wie hüpfende Bälle um den Wagen herumgesprungen.

Mit wehmütigem Blick hatte der kleine T die hübschen Kleider der Kinder gesehen. M interessierte sich nicht für Kleider oder derlei Tand. Sie wollte nur einmal im Leben richtig satt sein und tun und lassen, was sie wollte. Nicht, was man ihr vorschrieb. Irgendwann würde sie ihren Traum verwirklichen. Nur für diesen Traum arbeitete sie wie ein Tier und schluckte die Boshaftigkeiten der Erwachsenen mit Geduld. Sie wollte Geld haben und jeden Tag zu essen und ein Haus mit einem großen, weißen Balkon davor, auf dem Blumen blühten. Sie wollte tanzen und singen und den Tag genießen und nicht in der Nacht wie ein Dieb herumschleichen müssen. Oft blieb sie lange in den Villen vor den wunderschönen Bildern stehen und träumte.

Zuhause in ihrem Keller redeten die Kinder manchmal nächtelang über die Villen und wie schön sie waren. M dachte sich Geschichten aus und erzählte von traumhaften Stränden unter Palmen, wo es immer warm war und das Leben schön. Obwohl das Mädchen noch niemals dort gewesen war, konnte sie Geschichten davon erzählen. Die Wände des Kellers waren übersät mit Bildern. Die Kinder malten das Leben der anderen.

Aber nun war sie hier vor diesem Haus und musste sich um die Jungen und den Einbruch kümmern. Sie hatte den Eingang des Hauses im Blick behalten.

Vor einigen Tagen war ein Wagen an der Villa vorgefahren. Ein Chauffeur hatte die Autotür mit einer Verbeugung geöffnet und der Dame des Hauses beim Einsteigen geholfen. Dann rollte der Wagen vom Hof. Ein älterer Mann, der am Tor gewartet hatte, schloss daraufhin das große Tor ab, ging zur Haustür, schloss auch diese Tür sorgfältig ab und verließ das Grundstück durch einen Nebeneingang. Er war scheinbar froh über die Reise der Herrschaften, denn er pfiff ein lustiges Lied auf dem Weg in den nächsten Pub. Einer der Jungen war ihm gefolgt und hatte ihn beobachtet.

Bis irgendjemand bemerken würde, dass in diesem Haus eingebrochen worden war, würden Tage vergehen. Aber diesmal war es anders. O hatte wieder einmal nicht zugehört und es vermasselt. Es verging keine Stunde und die Polizei stand vor der Tür. Ein aufmerksamer Nachbar hatte Licht in einem der Räume gesehen und die Polizei alarmiert.

Fast wäre der Lieferwagen aufgefallen.

Mit sehr viel Glück und einer rasanten Kurve in eine der dunklen Nebenstraßen, entging der Wagen den Blicken der Polizei.

Im Hauptquartier wartete der Chef bereits auf die Kindergruppe. M würde es zu spüren bekommen.

Sie war verantwortlich für den Auftrag. Auch wenn sie genau wusste, dass sie diese Strafe O verdankte, verpfiff sie ihn nicht. Hätte sie ahnen können, was mit ihr geschehen würde?

T weinte tagelang. E saß blass und verstört auf seiner Pritsche im Keller und sprach kein Wort. Er würde seit diesem Tag immer schwer Worte finden.

Die anderen Kinder versteckten sich unter ihren dünnen Decken und kein Laut kam von ihnen.

M tauchte nicht wieder auf. Einer der Helfer des Chefs hatte sie gegriffen und war mit dem zappelnden Bündel verschwunden. Mit einem letzten trostlosen Blick sah sie zu T und zwinkerte ihm zu.

Die Polizeistreife ging routinemäßig auch an der Themse entlang. Zu viele abgerissene Gestalten trieben sich unter den Brücken herum und machten Probleme.

Das zarte Geschöpf mit den raspelkurzen Haaren lag am Ufer wie ein hingeworfenes Stück Sackleinen. Die Augen standen weit offen und ein dünner Blutfaden rann aus Nase und Mund. Die beiden Polizisten konnten nur mit dem Kopf schütteln über diese Verschwendung eines jungen Lebens. Der Rechtsmediziner stellte ein stumpfes Trauma am Hinterkopf und Strangulierungsmale am Hals fest und das unbekannte Mädchen wurde unter dem Namen Jane Doe auf einem der Friedhöfe verscharrt. Niemand weinte an ihrem Sarg und niemand legte Blumen auf ihr Grab.

Die Kinder aus ihrer Gruppe vergaßen M niemals. Sie hatte immer versucht, für jeden von ihnen da zu sein. Trost gespendet, wenn es nötig war, Wunden verbunden und gute Worte für jeden gefunden. Ohne sie wurde das Leben noch schwerer. Fast war es ein Glück, dass der Zweite Weltkrieg alle auseinandertrieb. Die Kinder waren frei, auch wenn das wieder neue Entbehrungen bedeutete. Aber sie hielten zusammen und das war es, was M ihnen beigebracht hatte.

An den Wänden des Kellers blieben die Bilder.

Als der Pub später abgerissen werden sollte, weil ihn im Krieg eine Bombe getroffen hatte, fand ein Bauarbeiter hunderte Zeichnungen an den Wänden. Mit offenem Mund rief er nach seinen Kollegen und man bewunderte den Detailreichtum. Immer mehr Arbeiter und Nachbarn kamen und bewunderten die Fantasie des unbekannten Malers.

So wurde aus den Träumen der Kinder und des Mädchens mit dem kurz geschnittenen Haar eine Ausstellung wie in einer richtigen Galerie in London.

Das zerstörte Gebäude wurde trotzdem abgerissen.

Die Träume zerfielen zu Staub.

London 1938

Es war Frühling. Endlich begann wieder Williams Lieblings-
zeit. Bereits früh am Morgen griff er zu seiner Schürze, pfiff
eine fröhliche Melodie und radelte los. Es war nicht weit bis
zu dem großen Blumengeschäft von Willobi & Sohn. Er
schwenkte mit einem gekonnten Schlenker durch das Tor auf
den großen Hof ein und sprang vom Rad. Mr Willobi, ein zu
einer rundlichen Mitte neigender, sechzigjähriger Herr, erwartete ihn bereits lächelnd.

„Na, William, bist mal wieder der Erste heute. Komm
rein und trink einen Tee mit deinem Chef."

„Danke, Mr Willobi, aber ich muss mich dringend um die
Rosen kümmern. Die warten auf mich und brauchen sehr
viel Zuwendung", antwortete William und stellte sein Rad
sorgfältig in einen bereitstehenden Ständer.

„Die sind auch nachher noch da. Komm, ich will mit dir
reden."

William sah seinen Chef mit großen Augen an. Er konnte
sich nicht vorstellen, was er von ihm wollte. Hoffentlich
wurde er nicht entlassen. Es waren seltsame Zeiten. Man
musste froh sein, wenn man einen guten Job hatte. Und William war glücklich.

Er war in einem kleinen Vorort von London zur Welt gekommen.

Solange er denken konnte, spielte er in dem kleinen Garten vor dem Haus und wühlte mit seinen Händen im Boden.

Seine Mutter war eine kleine Person mit zarten Gesichtszügen und dunklem seidigen Haar. Am liebsten trug sie diese weiten Leinenkleider mit den winzigen Rosen darauf, die sie in einer riesigen Auswahl im Schrank hatte.

Der kleine William kam nach seinem Vater. Er war bereits mit zehn Jahren größer als seine Mutter. Lächelnd stupste sie ihn öfter an und verlangte von ihm, im Garten auf den Knien herumzurutschen, damit sie sich nicht so klein fühlte.

Sein Vater, ein schweigsamer Mann mit klugen Augen und einer runden Nickelbrille auf der Nase, belächelte die beiden, wenn er am Nachmittag nach Hause kam und sich müde in seine Hängematte gleiten ließ. Sie hing zwischen zwei riesigen Ahornbäumen, die breite Schatten in den Garten warfen. Seine Mutter wollte die beiden Riesen fällen lassen, weil sie meinte, dass ihre Rosen nicht genug Sonne bekämen. Aber sein Vater schüttelte nur abweisend den Kopf.

Der ewige Streit um die Bäume im Garten war mehr Spaß als Ernst. Er gehörte zur Familie Herringbone wie die alljährliche Münze im Weihnachtspudding, die seltsamerweise stets bei dem kleinen William landete.

William liebte diesen Garten. Er hätte vielleicht viele Dinge anders gemacht als seine Mutter, aber es war ihr Garten. Im Frühling zeigten sich Krokusse und Tulpen in allen Farben, ein buntes Durcheinander, wie auf der Palette eines Malers.

Im Sommer dufteten Rosen in üppiger Fülle.

Im Herbst versorgten Obststräucher und ein Apfelbaum die Familie mit Essen für die Winterzeit.

Es gab zu jeder Jahreszeit viel zu tun.

Sein Vater beteiligte sich selten an den Arbeiten im Garten. Er arbeitete in der nahen Stadt als Buchhalter eines altehrwürdigen Kaufhausriesen. Selfridge war eine gute Adresse und Mr Harry Herringbone, Williams Vater, ein guter Buchhalter.

Wenn er sich morgens in aller Frühe auf den Weg zum Bahnhof machte, Williams Mutter Kate ihm das Paket mit den Broten gegeben hatte, war es ein Ritual zwischen Vater und Sohn, dass der Vater dem Jungen durch das lockige Haar wuschelte.

Dann nickte er ihm lächelnd zu und an jedem Morgen sagte er zu dem Jungen: „Sei brav, hör auf die Mutter und leg dich nicht mit den Feuerwanzen an."

Dann ging sein Vater zum Bahnhof des kleinen Vorortes und stieg in den Zug nach London.

Es war eine glückliche Zeit für William. Sie sollte niemals enden, wenn es nach dem Jungen gegangen wäre. Aber die Geschichte lehrt, dass nichts so bleibt, wie es ist.

Im Ersten Weltkrieg musste sein Vater fort. Es war schwer und William hatte den Eindruck, dass seine Mutter kleiner und verhärmter wurde mit der Zeit, die verging. Doch das Glück war auf ihrer Seite und der Vater kam zurück ohne körperlichen Schaden, nur seine Fröhlichkeit war verschwunden und Harry Herringbone war nie wieder der gleiche lustige Mensch.

Dann war es soweit. William begann eine Lehre.

Er hatte lange mit seinen Eltern kämpfen müssen, aber am Ende seinen Wunsch durchgesetzt.

Er wollte Gärtner werden.

Seine Lehrzeit begann in Buckinghamshire auf dem Landsitz Stowe House. Das war ein Privileg und er hatte Glück gehabt, angenommen zu werden. Die Gartenanlage war berühmt in ganz England. William stellte sich geschickt an und war bald ein wertvolles Mitglied der Gärtnergruppe. Man schätzte vor allem seine Ruhe, die er bei der Arbeit ausstrahlte.

Die Gärten und Parks von Stowe House waren weitläufig, immer wieder unterbrochen von Seen, Skulpturen, Tempeln und anderen architektonischen Details. Viele Gartenkünstler hatten hier bereits ihren Stempel aufgedrückt und verändert, was das Zeug hielt.

William war vor allem für die Blumenbeete am Stowe House zuständig. Der Gärtnermeister hatte schnell erkannt, dass der Junge ein besonderes Talent für die Rosenzüchtung und die hier verschwenderisch blühenden Rhododendren hatte. William tat das, was er am meisten liebte, Blumen umsorgen.

Nach seinem Abschluss, den er mit Auszeichnung ablegte, wollte er zurück zu seinen Eltern nach London. Es war schwierig, trotz seiner guten Zeugnisse, eine Anstellung zu bekommen. Da war es besonderes Glück, die Stelle als Gärtner in der renommierten Firma von Willobi & Sohn zu bekommen. Dort machte er sich bald einen guten Namen und seine Fachkenntnis wurde gern angenommen.

Heute saß er also seinem Chef gegenüber, hatte feuchte

Hände und Angst, dass er entlassen werden würde.

Mr Willobi reichte ihm eine Tasse Tee und setzte sich neben ihn. Er seufzte kurz und sah sinnend aus dem Fenster des Büros zu den Gewächshäusern hinüber.

„Mein lieber William. Sie wissen, dass wir sie sehr schätzen", begann Mr Willobi.

William bekam flatternde Augenlider. Er war sicher, das war der Anfang vom Ende seiner Anstellung.

„Darum habe ich mir etwas überlegt. Ich möchte Sie zum Chefgärtner befördern. Was halten Sie davon? Das ist mehr Verantwortung, Sie müssen viele Dinge koordinieren, aber natürlich bedeutet das auch etwas mehr Lohn. Der alte Morten möchte aufhören. Er schafft es einfach nicht mehr. Und da wird die Stelle frei. Was denken Sie?" Gütig lächelnd beobachtete Mr Willobi den jungen Mann.

„Das habe ich jetzt nicht erwartet. Das würde mir sehr gefallen, Mr Willobi. Es wäre mir eine Ehre. Aber ich bin noch nicht so lange hier, wäre nicht erst einmal Dan Dorsey mit einer Beförderung dran?"

Mr Willobi räusperte sich und rutschte nervös auf seinem Stuhl herum.

„Sicher. Sie haben recht. Aber ich muss Ihnen mitteilen, dass ich mich von Dan trennen musste. Es sind da Ungereimtheiten aufgetreten. Es fehlte Geld in der Kasse und ich muss leider sagen, dass man ihn erwischt hat, wie er die Hand in der Kasse hatte. Er konnte es nicht abstreiten. Auf eine Anzeige werde ich verzichten. Er hat das Geld zurückgegeben und ist gestern verschwunden. Ich weiß, dass Sie mit ihm befreundet sind, und kann Ihnen nur den Rat geben, sich von ihm fernzuhalten. Er muss da in zweifelhafte Gesellschaft geraten sein. Ich hatte seit längerer Zeit schon den Eindruck, dass mit ihm eine Veränderung vorgegangen war. So schade." Williams Chef schüttelte bedauernd den Kopf.

Nun hatte die Gärtnerei also einen neuen Chefgärtner. William berichtete freudestrahlend am Abend seinen Eltern von der guten Nachricht. Sein Vater honorierte das wie immer mit einem leichten Schlag auf die Schulter seines Sohnes und einem Nicken, während seine Mutter ihn überschwänglich umarmte und beglückwünschte. Dann lief sie sofort zum Fleischer des Ortes und besorgte etwas Gutes, um die Beförderung zu feiern. Sogar eine Flasche Wein brachte sie mit. Sie war unglaublich stolz auf ihren Sohn.

Wenn es William in der Schweigsamkeit zuhause nicht mehr aushielt, nahm er abends seine Jacke und ging in den nahen Pub. Seine Mutter saß still in einer Ecke des gemütlichen Wohnzimmers und strickte. Sein Vater saß in seinem braunen Sessel und sah aus dem Fenster. Er sah so furchtbar müde aus und seine Gedanken schienen in eine weit entfernte Welt zu blicken.

Manchmal wurde sein Vater blass und seine Hände zitterten. Die Mutter wusste, ihr Mann war dann wieder auf dem Schlachtfeld, wo so viele seiner Freunde ihr Leben gelassen hatten. William machte das traurig.

Als er wieder einmal im Pub vor seinem Ale saß, ging die Tür auf und sein alter Freund Dan kam herein.

Dan war ein gutaussehender Kerl und die Damen wären ihm durchaus zugetan, wenn er nicht so unzuverlässig und verlogen wäre.

Seine Augen waren undurchdringlich und blau wie das Meer und sein Haar fiel in sanften, blonden Wellen herab. Das gab ihm ein verwegenes Aussehen und zog die Mädchen in seinen Bann.

Aber meist versaute er die Beziehungen zu den netten Mädchen mit seinen Lügen oder die weniger netten Frauen verließen ihn wegen seiner Spielsucht. Dan sah sich suchend um, lächelte dann schief und ging auf William zu.

„Alter Freund! Hast du ein Ale für deinen alten Kumpel?", fragte er, als ob inzwischen nichts geschehen wäre.

William war zu gutmütig, um seinem Freund die Bitte abzuschlagen. Also besorgte er ihm ein Ale und setzte sich wieder zu ihm.

„Habe gehört, du bist jetzt Chefgärtner. Gratuliere dir, das hast du verdient", sagte nach einer Weile Dan.

„Habe gehört, du hast Mist gebaut, Dan? Wieso hast du solchen Quatsch angestellt?", antwortete William ohne von seinem Glas aufzusehen.

„Der alte Willobi hat es dir also erzählt? Dann kann ich ja gleich auf den Punkt kommen. Ich bitte dich nicht gern um eine Gefälligkeit, aber ich stecke in Schwierigkeiten. Du musst mir helfen! Um unserer langen Freundschaft willen", sagte Dan und senkte dabei die Stimme. Dabei begann er seine Hände zu kneten, als ob er Hefeteig zubereiten wollte.

William hörte in seinem Kopf die Worte von Mr Willobi, sich nicht mit Dan einzulassen. Aber sie waren seit der Schulzeit Freunde. Dan hatte den kleinen William einmal vor einer Bande Rowdys gerettet, die es in der Schule auf ihn abgesehen hatten.

William musste ihm helfen.

„Was willst du tun? Hast du nicht schon genug Unfug angestellt?", fragte er seinen alten Freund nun.

William bemerkte, dass Dan immer wieder seinen rechten Arm rieb, als hätte er Schmerzen.

„Geht es dir gut? Was ist mit deinem Arm los?"

„Meinem Arm geht's prima. Ist dein Vater noch bei Selfridges?"

William nickte. Was wollte Dan? Er hatte kein gutes Gefühl bei dieser Sache.

„Hör zu, mein Freund, du musst mir einen Plan von dem Kaufhaus besorgen und ich brauche die Zeiten, zu denen die Wachmänner ihre Runde machen."

William erblasste.

„Bist du wahnsinnig geworden?", rief er etwas zu laut.

Dan hob den Arm und zischte ihm zu, leiser zu sein.

„Ich würde dich nicht darum bitten, wenn es nicht wichtig wäre für mich. Die bringen mich um, Willi. Die machen mich fertig, wenn ich die Sachen nicht bringe. Und die haben gesagt, meine Schwester wäre auch dran. Ich bin da in eine Sache reingeraten. Da komme ich nicht wieder raus, wenn du mir nicht hilfst."

William schloss die Augen. Er sah Dans kleine Schwester Ruth vor sich, das Mädchen mit den flachsblonden Zöpfen. Was hatte Dan nur angestellt?

„Entweder sagst du mir alles oder ich helfe dir nicht. Wieso hast du diesen Leuten überhaupt erzählt, dass mein Vater dort arbeitet? Manchmal glaube ich, du bist dümmer als die Polizei erlaubt", sagte er schließlich und verschränkte die Arme.

„Kannst du dich an den Whistler erinnern? Den mageren Kerl mit den dünnen Haaren und der Hakennase?", fragte Dan. „Hing immer mit diesem Schläger rum, Micky."

„Wie kann ich den vergessen? Sag mir nicht, dass du dich mit diesem Betrüger eingelassen hast. Der ist doch nicht umsonst von der Schule geflogen. Wie konntest du nur!" Wieder kam es etwas laut aus Williams Mund.

Dan versuchte, ihn zu beschwichtigen.

„Ich hatte keine Wahl."

„Wenn ich eines weiß, dann, dass man immer eine Wahl hat. Also erzähl schon."

„Ich brauchte Geld. Du weißt doch." Dan senkte den Kopf und sah sich lauernd um. Aber niemand schien ihn gehört zu haben.

William wusste es genau. Sein alter Freund hatte ein Spielproblem und er trank gern. Dan griff nach Williams Arm. Kalter Schweiß stand auf seiner Stirn und er begann zu zittern.

„Bitte, für Ruth, hilf mir. Ich werde dich nie wieder um etwas bitten. Ich soll die Pläne bringen oder Ruth passiert etwas Schlimmes."

William wusste in dem Moment, als er Dan Hilfe zusagte, dass es ein Fehler sein würde.

Es war nicht schwer, die Pläne zu besorgen. Sein Vater brachte oft Arbeit mit nach Hause und da waren die Abrechnungen des Wachpersonals und die Zeiten ihrer Rundgänge im Kaufhaus genau verzeichnet.

Einen Plan vom Kaufhaus hatte sein Vater seit Jahren im

Haus. William wusste, wo er ihn eingeschlossen hatte.

Seitdem sein Vater so unbeteiligt vor sich hinlebte, war es überhaupt kein Problem, die Sachen zu besorgen.

Selfridge in der Oxford Street war weltbekannt.

Als dieses riesige Kaufhaus 1909 eröffnet wurde, gab es großes Aufsehen. Mr Selfridge wollte eine Einkaufsstätte für jedermann eröffnen. Etwas für jeden Geldbeutel.

Bis zu diesem Zeitpunkt waren Kleider von der Stange kaum bekannt. Die feine Gesellschaft ließ sich die Bekleidung nähen und alle anderen mussten sich selbst behelfen. Aber hier in diesem Kaufhaus gab es alles. Duftende Wässerchen auch zu kleinen Preisen, Schuhe aus gutem Leder für die Dame und den Herrn, Taschen und Koffer, Kosmetik, Kleider der neusten Mode und vieles mehr. Nach getätigtem Einkauf erholte sich die Kundschaft bei einer guten Tasse Tee im Tearoom oder nahm einen erfrischenden Schluck aus der berühmten Soda Fountain.

Harry Gordon Selfridge war ein Visionär und seiner Zeit voraus. Sein Motto war einfach, aber brachte die Geschäftswelt von London zum Staunen.

„Begeistere den Verstand, dann greift die Hand zum Portemonnaie."

Er war der Meinung, ein Geschäft sollte prachtvoll sein, wie ein Museum oder eine Kirche. Es sollte bereits am Eingang die Kunden zum Staunen bringen.

Die Oxford Street war nicht die beste Adresse, aber es gab eine U-Bahn-Station.

Selfridge erkannte das Potenzial. So baute der Millionär ein

Gebäude der Superlative.

Klassische Säulen über alle Etagen, riesige Schaufenster mit verschwenderischen Auslagen und aufwendig verzierten Türen.

Bereits im Eingangsbereich erwarteten die Kunden duftende Wässerchen, die einem in der Nase kitzelten, und über der Eingangstür die Statue der Queen of Time mit Uhren an den Seiten.

Harry Gordon Selfridge wollte Träume wahr werden lassen. Dafür war er über den Großen Teich nach London gezogen. Seine Ideen revolutionierten die Geschäftswelt von London.

Natürlich bedeutete das auch volle Kassen am Ende des Tages und darauf spekulierte der Whistler. Seine Gruppe war berüchtigt in der Londoner Unterwelt.

Hochtrabend nannte er seine Vereinigung die Society der Acht. Damit spielte er auf die Tätowierung an, die jedes neue Mitglied bekam, eine Billardkugel Nummer Acht.

Beim Billardspiel symbolisiert diese Nummer, die als letzte versenkt werden muss, gut und schlecht, Glück und Pech zugleich. Das liegt in der Sicht des Betrachters. Wenn man diese letzte Kugel zu früh versenkt, hatte man verloren.

So war es auch mit der Society. Wer redete oder sich zu früh aus dem Staub machen wollte, hatte schon verloren. Die Society passte auf. Nicht nur darauf, ob jemand mit der Polizei paktierte, sondern auch auf dessen Familie.

Verrat wurde nicht geduldet. Mord, Betrug, Raub, Wettbüros und Hehlerei waren das Hauptgeschäft. Daneben war man auch dem Menschenhandel nicht abgeneigt.

Man kümmerte sich um seine Mitglieder. Sollte doch mal jemand im Gefängnis landen, wusste derjenige, dass seine Familie versorgt war. Dafür war Loyalität kein zu hoher Preis.

Nach außen hin spielte man den vorschriftsmäßigen Bürger. Der Whistler war sogar so weit gegangen, seine Society als Verein eintragen zu lassen. Diese Vorgehensweise hatte er gelernt, als er einige Zeit in Berlin verbracht hatte, weil ihm das Pflaster in London zu heiß geworden war.

Dort hatte es so etwas Ähnliches gegeben. Die sogenannten Ringvereine waren eine ständige Bedrohung und arbeiteten sehr effektiv. Ihr Erkennungszeichen, ein Ring, ging dem Whistler aber nicht weit genug. Er ließ seinen Anhängern eine Billardkugel auf den rechten Arm tätowieren. Einen Ring konnte man abziehen, eine Tätowierung nicht.

Der Whistler, der Kopf der Society, war nach außen hin ein braver Bürger. Er war immer gut gekleidet, seine wenigen Haare ordentlich gestutzt und sein dünnes Bärtchen glänzte.

Er hatte ein nettes Haus in einem Vorort, seine Frau war die überaus geschätzte Hausfrau von nebenan, immer adrett gekleidet und mit einem hübschen Hut auf dem Kopf. Sie sammelte Spenden für die Kirche und kümmerte sich vorschriftsmäßig um die Blumen in ihrem Garten. Ihre Tochter ging zur Schule, sauber angezogen und wohl erzogen. Sonntags ging man zur Kirche, der Pfarrer begrüßte das Paar mit warmem Händedruck und freute sich, dass im Klingelbeutel nicht nur Münzen klingelten. Welchen Beruf der Whistler hatte, wusste in der Nachbarschaft niemand.

Er ging aus dem Haus, grüßte freundlich, stieg in seinen Wagen und kam meist sehr spät in der Nacht zurück. Das bemerkten die Nachbarn, weil ein leise gepfiffenes Lied durch die Nacht flog. Daher hatte der Whistler auch seinen Namen.

Sein richtiger Name war kaum jemandem bekannt. An der Tür seines Hauses stand der Allerweltsname Smith.

Die Society tagte in einem Pub. Er gehörte einem älteren Mann mit hagerem Gesicht und verschlagenem Blick. Von allen nur Paps genannt. Dieser Mann kümmerte sich vor allem um das Ansehen nach außen hin.

Dann war da noch Cube. Sein Name war kein witziger Spitzname. Er sah aus wie ein Cube, eckig, kantig, riesig und etwas naiv. Wobei man einem echten Würfel damit unrecht tat. Cube war vor allem für die Handarbeit zuständig. Wenn mal jemand nicht so wollte, wie es der Whistler verlangte, dann kam Cube ins Spiel und kümmerte sich darum.

Immer an seiner Seite war Micky, ein ehemaliger Boxer, der wahrscheinlich einen Treffer zu viel auf den Frontlappen seines Gehirns abbekommen hatte und keinerlei Gefühl oder Empathie zeigen konnte. Zuschlagen war die einzige Sache, die etwas Regung in seine Augen brachte, und wenn er sich wieder einmal einen neuen ausgefallenen Hut besorgt hatte. Dann sah man sogar ein verschobenes Grinsen in seinem aufgedunsenen Gesicht.

Hüte waren seine Leidenschaft. So mancher Passant, der an ihm vorbeiging, hatte das zu spüren bekommen. Er nahm sich, was er wollte, ohne zu fragen.

Es war eine gut durchdachte Organisation, die in London

an der Spitze zu stand. Auch wenn damit das Verbrechen gemeint war. Die Verbindung hatte etliche Mitglieder auf der Gehaltsliste.

Auch eine Gruppe minderjähriger Taschendiebe gehörte dazu und der Whistler nutzte die Kinder für seine Zwecke aus. Niemand vermutete hinter einem Kindergesicht ein Verbrechen. Scotland Yard hatte Mühe, der Society beizukommen. Es waren zu viele Kanäle, die der Whistler bezahlte.

Am frühen Morgen des 10. Dezember 1938 fand man einen der Wachleute von Selfridge tot in einem der Toilettenräume. Man hatte ihm brutal den Kopf eingeschlagen und ihn in eine der Kabinen gestopft. Der andere Wachmann überlebte schwer verletzt, konnte Scotland Yard aber nichts berichten. Es war alles zu schnell gegangen. Sie waren vollkommen überrumpelt worden.

Die Kassen wurden zwar an jedem Abend geleert und der Inhalt zur Bank gebracht, aber es gab noch genug zu holen. Die Schmuckabteilung war ausgeräumt worden, natürlich hatte man nur die kostbarsten Stücke mitgenommen. Mr Selfridges Büro sah aus wie nach einem Bombeneinschlag. Alles, was wertvoll aussah, war weggetragen worden. Der Safe war mit brutaler Gewalt aufgebrochen und enthielt nur noch ein paar fliegende, unbedeutende Blätter. Es fehlten zwanzigtausend Pfund.

Zu allem Überfluss hatten sich die Verbrecher wohl auch noch in der Delikatessenabteilung ein gutes Nachtmahl gegönnt. Dieses Ereignis war nur noch der Tropfen auf den überlaufenden Topf.

Zwei Jahre später nahm der große Mr Selfridge seinen Hut und verließ das Kaufhaus, das er mit so viel Freude und Engagement aufgebaut hatte. Das Haus erholte sich irgendwann und ein neuer Chef zog in das Büro von Mr Harry Gordon Selfridge ein.

Williams Vater erholte sich von diesem Schlag nicht. Er gab sich eine Mitschuld an dem Versagen der Sicherheitsmaßnahmen und kündigte seinen Job. Er ging nach Hause, setzte sich in seinen alten Sessel und William musste mit ansehen, wie sein geliebter Vater noch stiller wurde. Als ihn der Herzinfarkt ereilte, lag er gerade in der Hängematte im Garten und sah in eine Ferne, die nur er sehen konnte.

Williams Mutter verkaufte das Haus, zog nach Wales zu ihrer Schwester und trug nie wieder hübsche Kleider mit kleinen Rosen darauf.

William hatte noch einige Zeit eine kleine Wohnung in London, lebte aber ständig mit der Angst, dass Scotland Yard bei ihm klingeln würde oder sogar der Whistler.

Als Großbritannien in den Zweiten Weltkrieg zog, ging auch William Herringbone in Uniform und mit einem Gewehr an Bord eines Schiffes in Richtung Frankreich.

Sein alter Freund Dan Dorsey war dabei.

Nach dem Krieg kehrte William London den Rücken. Seine Mutter war inzwischen gestorben und es hielt ihn in London nichts mehr.

Willobi & Sohn gab es nicht mehr.

Eine Fliegerbombe traf das Paradies und die Gärten gingen in Flammen auf. Wer würde auch in dieser schlimmen Zeit der Entbehrungen Blumen kaufen?

Manchmal ist ein Stück Brot wichtiger als eine Rose.

William bewarb sich auf eine Stelle in einem kleinen übersichtlichen Gartenreich auf dem Lande. Auf Parsley Manor wurde ein Gärtner gesucht und das war genau das, was er jetzt brauchte, Ruhe und Frieden, keine Society und seine Rosenzucht. Er schaffte sich einen kleinen grauen Kater an, nannte ihn Mortecai, ließ sich einen breiten Schnauzer wachsen und zog mit seinem braunen Koffer und seiner Kiste voller Blumenbücher in eine Wohnung neben dem Gewächshaus der Baronets von Parsley Manor.

Die Society machte ebenfalls schwierige Zeiten durch. Viele Mitglieder blieben auf den Schlachtfeldern und die Zentrale, der Pub, wurde zerstört. In Folge der Zerstörung des Hauptquartiers hätte Paps beinahe sein zweites Auge verloren, aber er überlebte.

So verlegte man sich auf das Plündern ausgebombter Nobelhäuser. Das war nicht sehr lukrativ, aber der Chef arbeitete bereits an einem Plan.

Vielleicht sollte man sich in den nächsten Jahren auf das Umland verlegen.

Lucinda ermittelt

Auf Parsley Manor verlief der Sonntag meistens etwas ruhiger als die übrigen Tage der Woche.

Das schwarze Buch mit den Anweisungen des Tages blieb an diesem Tag in der Tasche des Butlers.

Nachdem den Baronets das Frühstück serviert worden war, saßen die Angestellten des Hauses etwas länger zusammen am Tisch und unterhielten sich.

Lizzy, das Hausmädchen, hatte diesen Tag zur freien Verfügung und berichtete gerade Gonzales, dass sie eine Freundin besuchen würde. Gonzales wollte nach dem Kirchenbesuch der Baronets zu seinem alten Freund Sean, dem Wirt des Pubs, laufen. Sean hatte ihm noch ein wichtiges Teil für sein Auto versprochen. Gonzales bastelte in jeder freien Minute an dem alten Wagen herum.

Phillis war am Abend vorher bereits mit dem Zug zu ihren Eltern gefahren. Mrs Argyle erklärte, dass sie nach dem Kirchenbesuch endlich liegen gebliebene Briefe beantworten wollte und Mrs Porkpie würde eine alte Freundin in Pilpots, dem Nachbarort, besuchen. Für ihren monatlichen Besuch bei der alten Miss Hasting stand ein duftender Rosinenkuchen bereit. Der Gärtner Herringbone zwirbelte seinen dichten Schnauzbart und sah lächelnd in die Runde.

Er brauchte keinen freien Tag. Seine Rosen benötigten jederzeit seine Aufmerksamkeit und das war für ihn die Freizeit, die er brauchte. Der Knecht Harrison würde einen langen Spaziergang machen und danach unter einem der großen Bäume im Küchengarten ausruhen. Dafür hatte er bereits, wie immer an seinem freien Tag, einen kleinen Flachmann mit gutem Whisky und die braunen Zigarillos in den Taschen seiner Jacke. Das war sein wöchentliches Ritual.

Die Zofe Filomena Arbuckle hatte sich in Bath gut erholt, nahm sich nach dem Frühstück ihr Strickzeug zur Hand und setzte sich in den Küchengarten. Es war ein herrlicher Tag und sie wollte ihn genießen. Lady Fedora war versorgt und somit stand dem nichts im Wege.

Der Lunch für die Baronets war an den Sonntagen eher leicht und bereits vorbereitet. Beanstock würde sich um das Servieren kümmern, sodass die anderen Zeit für Freizeitaktivitäten hatten. Er benötigte keinen freien Tag, auch wenn Sir Percival ihn an jedem Sonntag darauf hinwies, dass dieser Tag auch für ihn da wäre.

Es war seit Langem von Sir Percival angeordnet worden, dass der Sonntag ein freier Tag war. Unterbrochen wurde diese Routine nur an Feiertagen oder wenn Besuch erwartet wurde.

Aber heute hatte Beanstock etwas vor. Nachdem das Frühstücksgeschirr abgeräumt und verstaut war, wollte er sich mit Luci befassen.

Das Kind brauchte Regeln und in der letzten Zeit waren die Noten in der Schule nicht annehmbar. So wollte sich Beanstock mit dem Kind hinsetzen und vor allem Rechnen üben. Das fiel dem Mädchen schwer. Im Lesen war es dagegen sehr gut und auch das Schreiben gab kaum Anlass zu Beschwerden.

Als ob das Mädchen etwas geahnt hätte, war es genau in dem Moment verschwunden, als der Butler sich nach ihr umsah.

„Mrs Argyle, wo ist Luci? Sie war soeben noch anwesend. Ist sie auf ihr Zimmer gegangen?"

Mrs Argyle setzte eine belustigte Miene auf. Sie hatte genau bemerkt, wie sich Luci davongestohlen hatte.

„Sie ist vor ein paar Sekunden durch die Küchentür in den Garten verschwunden. Vielleicht will sie mit Junior eine Runde drehen. Der Hund wartet sicher schon sehnlichst auf seine Freundin."

„Ich werde nach ihr sehen", bemerkte der Butler.

Wie auf ein geheimes Signal erhoben sich alle vom Tisch und stoben auseinander. Man wollte auf keinen Fall in eine Suchaktion nach Luci eingebunden werden und dadurch Zeit verlieren. Gonzales ging sofort in die Garage, zog seine gute Uniformjacke an und fuhr den Bentley vor das Eingangsportal. Es war Zeit für den Kirchenbesuch der Baronets. Das war für Sir Percival eine Pflichtveranstaltung und er kam gerade aus dem Haus und schimpfte vor sich hin.

„Darling, du bist der Baronet, du musst!", erklärte Lady Fedora und setzte mit Schwung ihren neuen grünen Hut auf den Kopf.

„Warum?", polterte ihr Gatte los. „Ich muss schon dauernd zu diesen Kirchensitzungen. Ich bin ja öfter in der Kirche als Pfarrer Wilson. Vielleicht sollten wir unseren Salon in die Kirche von Parsley Field verlegen. Dann bräuchte ich nicht das Hin und Her mit dem Wagen. Beanstock kann uns ja dort den Tee servieren."

Gonzales grinste und sah zu Boden, während er die Tür des Bentleys öffnete.

„Perci, jetzt wirst du artig sein, einsteigen und die Predigt des Herrn Pfarrers genießen. Ende der Diskussion."

Sie stieg ein.

„Der palavert doch wieder eine ganze Stunde über den weisen Salomon. Als ob es nicht noch andere biblische Geschichten geben würde", maulte Sir Percival und zwinkerte dem Chauffeur zu.

„Vielleicht solltest du dir Salomon zum Vorbild nehmen, der war wirklich weise und das ist ein leuchtendes Beispiel für uns. Reiß dich zusammen."

Sir Percival brummte etwas Unverständliches und nachdem er eingestiegen war, fuhr Gonzales die beiden zur nahen Kirche. Er würde den Gottesdienst draußen abwarten. Seit der Mittelmeerkreuzfahrt war Gonzales mehr denn je überzeugt, dass eine Kirche nichts für ihn war. Diese unvorhergesehene Reise hatte ihn mehr mitgenommen, als er zugeben wollte.

Inzwischen suchte Beanstock nach Luci.

Sie war nicht im Haus und nicht im Garten. Junior lag schlafend im Bootroom und zuckte mit den Pfoten. Wahrscheinlich hetzte er im Traum hinter dem Kater Mortecai her.

Beanstock konnte sich denken, wohin das Kind verschwunden war.

Dabei hatte er eine besonders wichtige Regel für Luci festgelegt.

Regel 41: Man meldet sich ab, wenn man Haus und Gelände von Parsley Manor verlässt.

Vielleicht sollte er Mrs Argyle bitten, die Regel auf Stoff zu sticken und über dem Bett des Mädchens aufzuhängen. Natürlich sollte es groß und gut leserlich sein. Am besten in roter Signalfarbe. Es könnte nicht schaden, noch ein paar andere Regeln aufzuhängen.

„Dann hängt ihr Zimmer bald voller Regeln, das geht nicht", dachte der Butler und schüttelte den Kopf.

Wahrscheinlich war Luci bereits auf halbem Weg zu der Farm der Pitsches. Bronté ging mit Luci in dieselbe Klasse und die beiden Mädchen verstanden sich sehr gut. Beide hatten viele bunte Würfel im Kopf und waren immer zu Unfug aufgelegt. Beanstock dachte an seine eigene Kindheit. Wie gut er es bei seinen Eltern gehabt hatte und wie viele Freiheiten man ihm gelassen hatte. Er wollte dem Mädchen nicht zu viel verbieten. Das würde bei ihr nur Trotz hervorrufen.

Er seufzte.

Dann würde heute das Silber seine Aufmerksamkeit bekommen. Er zog seine weißen Handschuhe über und ging mit einem Tablett zur Vitrine im Esszimmer, um die reich verzierten Silberleuchter und die Teller mit dem Wappen der Baronets zu holen.

Das Silberbesteck war bereits vor ein paar Tagen geputzt worden und das silberne Teegedeck war durch seinen täglichen Gebrauch stets auf Hochglanz.

Im Haushaltsraum neben der Küche band sich Beanstock

eine Schürze um, nahm einen weichen Lappen und Politur zur Hand und begann die Silberwaren zu putzen.

Das musste in regelmäßigen Abständen geschehen. Nichts wäre schlimmer, als wenn ein Gast der Baronets einen Fingerabdruck oder gar einen schwarz angelaufenen Fleck bemerken würde.

Er mochte diese Tätigkeit. So blieb ihm ein Moment, um über bestimmte Dinge nachzudenken. Zum Beispiel hatte er bemerkt, dass Phillis sich zwar zu einer guten Köchin gemausert hatte, aber noch keine Erfahrungen im Decken der Tafel oder im Falten einer Serviette gesammelt hatte. Es konnte durchaus vorkommen, dass das Mädchen bei Tisch aushelfen musste. Schließlich bestand der Haushalt der Baronets aus einer kleinen Dienstbotengruppe. Da musste zeitweise jeder der Angestellten auch andere Aufgaben erfüllen können.

Vielleicht sollte er mit dem Falten der Bischofsmütze beginnen. Das war nicht so einfach, aber Phillis würde es hinbekommen.

Schaudernd dachte Beanstock an den Knecht Harrison. Die Baronets hatten hohen Besuch aus London gehabt und Harrison hatte in seinem besten Anzug bereitgestanden, um die Koffer hinaufzutragen. Als er mit drei Koffern auf halber Treppe nach oben war, bekam er einen schrecklichen Niesanfall und die Koffer waren dem Gast vor die Füße gepurzelt. Daraufhin hatte der Butler ihn jedes Mal, wenn er wieder im Haus eingeteilt werden sollte, angewiesen, die Nase vorher auf das Sorgfältigste zu putzen.

Beanstock schüttelte leicht den Kopf und putzte den Teller noch etwas intensiver. Die Hausdame kam an der offenen Zimmertür vorbei und sah es. Sie war auf dem Weg in die Küche, um frischen Tee zuzubereiten.

Mit einem Lächeln steckte sie ihren Kopf durch die Tür. „Möchten Sie eine Tasse Tee, Mr Beanstock?"

Der Butler sah auf.

„Das wäre sehr nett, Mrs Argyle. Ich bin in einer Minute mit diesem Teller fertig und komme in Ihr Büro, danke."

Dann saßen die beiden vor dem Fenster zum Küchengarten im Büro der Hausdame, tranken genüsslich einen Tee und unterhielten sich über das Kind und wie es sich in den Haushalt der Baronets eingefügt hatte.

Ein paar Meilen entfernt verließ in diesem Moment Mr Pitsch mit einer Ladung Stroh auf seiner Karre die große Scheune und pfiff dabei ein Lied.

Auf dem Holzboden über seinem Kopf erschienen zwei Köpfe aus dem Strohhaufen. Bronté und Luci sahen sich grinsend an. Er hatte sie nicht bemerkt.

Unten kam Tara, die jüngste Tochter der Bauersleute, durch das Tor gehopst. Ihre rote Lockenpracht tanzte im Wind. Sie hielt kurz inne und sah sich suchend um.

Bronté hielt ihren Finger an den Mund und bedeutete ihrer Freundin still zu sein.

Tara sah nach oben.

„Ich weiß, dass ihr da oben seid! Was macht ihr da? Ich möchte mitspielen!"

Bronté verdrehte genervt die Augen. Dann erhoben sich die beiden Mädchen und kletterten über die alte Holzleiter nach unten.

„Musst du so einen Lärm machen? Geh mit deinen Puppen spielen, wir haben erwachsene Dinge zu tun."

„Ich sag´s Mama, wenn ihr mich nicht mitspielen lasst", entgegnete trotzig die Kleine.

Dann stand sie mit verschränkten Armen vor den beiden.

„Ach lass sie doch, sie kann Mrs Hudson sein", bemerkte Luci grinsend.

„Wer ist Mrs Hudson?", wollte Tara wissen.

Bronté fand die Idee anscheinend wunderbar und nahm ihre kleine Schwester an die Hand. Sie gingen hinaus auf den Hof und zum Hühnerstall in der hinteren Ecke. Dort gackerte, scharrte und wuselte eine bunte Schar Hühner. Eine niedrige Tür führte auf die umzäunte Wiese hinter dem Haus. Sie stand offen, sodass das Hühnervolk freien Auslauf am Tage hatte. Sie mussten sich nur mit dem Schwein vertragen, das neben der Wiese in einer wundervoll schlammigen Suhle schlief und ab und zu zufrieden grunzte.

Die Mädchen setzten sich im Kreis auf die Wiese und mit wichtiger Miene erklärte Luci: „Wir sind Detektive. Ich bin Sherlock Holmes, Bronté ist Mr Watson und du bist Mrs Hudson. Du hast eine sehr wichtige Aufgabe. Während wir nach eurem verschwundenen Huhn Kitty suchen, musst du uns mit Tee und Gebäck versorgen. Das ist ausschlaggebend für den Erfolg der Aktion. Das kann nicht jeder."

Tara zog eine Schippe.

„Ich will aber keine Mrs Hudson sein, ich will auch Detektiv sein."

„Das geht aber nicht. Es gibt nur einen Sherlock Holmes

und einen Watson, dann kannst du nicht mitspielen", sagte Bronté und verschränkte ihrerseits die Arme.

Tara überlegte einen Moment. Dann nickte sie zustimmend.

Luci legte sich auf den Rücken, sah in den blauen Himmel und dachte nach. Wie würde Mr Beanstock vorgehen? Der war ja auch ein Detektiv. Ihr fiel ein, dass er öfters mit einer Lupe auf Papieren herumsuchte.

„Also, wir brauchen eine Lupe, einen Notizblock, einen Stift und natürlich Proviant. Ich besorge die Lupe und ihr den Rest. Wir treffen uns in einer halben Stunde hier", erklärte Luci und die Kinder stoben auseinander.

Luci musste sehr vorsichtig sein. Beim Haus angekommen umrundete sie es und blickte sich suchend um. Im Küchengarten saß nur Filomena, das Strickzeug war ihr aus der Hand gefallen und sie schnarchte lautstark. Unter einem Baum lag der Knecht und rauchte. Er stellte keine Gefahr dar. Luci sah durch das Fenster und stellte fest, dass im Büro der Hausdame Mr Beanstock Tee mit Mrs Argyle trank. *Wunderbar*, dachte sich Luci und schlich ins Haus. Im Büro des Butlers fand sie schnell das Gesuchte und war im nächsten Augenblick auf dem Weg zurück zum Bauernhof der Pitsches.

Ihre Freundinnen warteten bereits.

Bronté schrieb in einem Heft und Tara hatte die Hälfte des Proviants schon vertilgt.

Luci ließ sich neben den beiden in das weiche Gras fallen. Sammy, der Sohn der Pitsches, lief mit einer Sense bewaffnet am Zaun vorbei.

Er war ein hübscher Junge mit flachsblondem lockigen Haar. Seine Sommersprossen hatte er immer noch im Gesicht, aber inzwischen störte ihn das nicht mehr und es machte ihn sogar beliebt bei den jungen Damen. Er sah zu den Mädchen, die flüsterten und kicherten.

„Was brütet ihr schon wieder aus, ihr Gören? Macht keine dummen Sachen, hört ihr?", rief er den Kindern zu.

Kurzzeitig verstummten die Gespräche. Als Sammy verschwunden war, ging es weiter.

„Also, was haben wir? Das braun getüpfelte Huhn Kitty war vorgestern noch im Stall. Gestern scharrte es mit allen anderen Hühnern hier auf der Wiese. Am Abend war es verschwunden. Euer Vater vermutet den Fuchs. Sehen wir uns die Spuren an", sagte Luci mit ernstem Gesicht.

Die drei erhoben sich und liefen langsam, den Boden begutachtend, den Weg des Huhnes nach. Bronté notierte fleißig Hinweise und Lucy hielt die Lupe vor ihre Augen.

„Hier gibt es keine Spuren von einem Fuchs. Auf der Wiese sieht man die Pfoten zwar nicht, aber hier am Gatter sollten vielleicht Abdrücke sein."

Tara bückte sich und hob etwas auf.

„Seht mal, was ist das?"

Luci zückte die Lupe und sie betrachteten das Fundstück.

„Hm, das ist eine Plakette. So etwas wie eine Brosche, seht ihr? Der Anstecker ist gebrochen. Vielleicht hat der Dieb dieses Ding verloren, als er sich über den Zaun mit Kitty davonmachte. Kitty könnte bereits in einem Kochtopf schmoren."

Tara begann zu heulen.

„Unsere arme Kitty!"

„Wieso heißt das Huhn eigentlich Kätzchen, also Kitty?", wollte Luci nun wissen.

„Das ist eine lange Geschichte. Die Kurzform lautet, als kleines Küken hat sie bereits miaut wie eine Katze", berichtete Bronté.

Luci starrte weiter auf die Plakette.

„Das steht etwas darauf. Halt! Ich kenne das Ding. Aber das glaube ich nicht. Unser Gärtner hat so einen Anstecker. Das habe ich gesehen. Aber warum sollte Mr Herringbone ein Huhn klauen? Vielleicht für seinen Kater Mortecai? Hat noch jemand hier so eine Plakette? Das bekommen wir heraus. Auf nach Parsley Manor!", verkündete Luci Holmes. Watson und Mrs Hudson jubelten.

Drei Augenpaare beobachteten den Gärtner. Sie verfolgten seine Bewegungen im Gewächshaus genau.

Luci hatte ihre Lupe vor dem Auge, aber mehr sehen konnte sie dadurch nicht.

Mr Herringbone hatte das Dreiergespann längst bemerkt, als sein Kater Mortecai sich nach den Kindern reckte. Aber er wollte abwarten, was die Rasselbande vorhatte.

Nach einer Weile nahm er einen der fertigen Töpfe für die Terrasse und ging nach draußen.

„Ihr könnt rauskommen, ich habe euch längst entdeckt", brummelte er in seinen dicken Schnauzbart.

Bronté boxte Tara auf den Arm.

„Du bist schuld", maulte sie.

Die Kleine rieb sich den Arm und schaute beleidigt drein.

„Nein, mein Mortecai hat euch entdeckt. Also was gibt´s?", fragte der Gärtner.

Luci hatte ihn genau betrachtet. Und sie hatte etwas entdeckt. „Was ist das für ein schöner Anstecker, Mr Herringbone? Haben Sie das Ding schon immer?", fragte sie so ganz nebenbei.

Der Gärtner sah auf das Revers seiner Jacke. Sein Gesicht wurde ernst.

„Das ist aus dem Krieg. Damit solltet ihr euch nicht befassen müssen. Zum Glück ist er vorbei."

„Haben alle so etwas bekommen?", fragte das Mädchen weiter. Sie hoffte, er würde nicht bemerken, wie wichtig das für sie war. Bronté machte sich fleißig Notizen und Tara spielte anscheinend mit ihren Füßen im Kies.

„Ja, das haben alle Kameraden, die es nach Hause geschafft haben, bekommen. Mein damaliger Freund Dan Dorsey hatte auch so eine Plakette, wenn er sie nicht längst verspielt hat. Aber nun geht mal spielen, ich habe Arbeit."

Der Gärtner hatte irgendwie feuchte Augen bekommen, bemerkte Luci und nun tat ihr leid, dass sie gefragt hatte. Aber ihre Ermittlungen waren vorangekommen.

Schnell machten sich die Kinder auf den Weg. Sonst könnte sie Mr Beanstock doch noch erwischen. Er hatte irgendwie solche Antennen, die ihm sagten, wo wer war und was derjenige gerade anstellte. Davon konnte der graue Kater Mortecai ein Lied miauen.

Erst auf dem Weg, der neben den Kürbisfeldern von Bauer Pitsch verlief, hielten die drei Detektive an und beratschlagten.

„Was haben wir, Watson?"

„Wir haben eine Plakette am Tatort gefunden, die nicht dem Gärtner gehört. Ein Hinweis führt zu dem alten Dorsey. Ein komischer Kauz. Der lebt ganz allein in diesem gruseligen Haus am Rand von Parsley Field. Redet mit niemandem. Manchmal hilft er meinem Vater bei der Ernte aus", las Bronté aus ihren Notizen vor.

„Gute Arbeit, Watson. Wenn wir alles, was unmöglich ist, ausschließen, ist das, was am Ende übrigbleibt, auch wenn es noch so komisch ist, wahrscheinlich die Wahrheit. Sherlock hat das gesagt, so ähnlich jedenfalls. Habe ich gelesen. Also, auf zum Haus vom ollen Dorsey."

Das Haus war gruselig. Vor allem im Gegensatz zu dem Haus gegenüber, das schon wieder zu aufgeräumt und sauber erschien. Als ob dessen Bewohner jeden Tag mit einem großen Lappen alles putzen würde. Sogar der Briefkasten glänzte. Der Zaun war frisch gestrichen, die Gardinen weiß wie Schnee, die Fenster geputzt und der Weg vor dem Haus ohne ein Fitzelchen Kraut. Ja, man konnte sich des Eindrucks nicht erwehren, dass der Bewohner mit Lineal und Schere herumging und alles in eine gerade Form brachte, was aus dem Rahmen fiel. Luci meinte, dass sogar Mr Beanstock nicht so exakt war.

Dagegen das Haus des alten Dorsey?

Man musste fürchten, es würde den nächsten Sturm nicht überstehen.

Es stand schief und krumm in einem verwilderten Garten, hinter einem windschiefen Zaun, der auch nur noch von dem wild wachsenden Efeu gehalten wurde.

Erst einmal gingen die drei Kinder vollkommen unauffällig an dem Haus vorbei, um sich ein Bild zu machen. Niemand war zu sehen. Was nicht bedeutete, dass Dorsey nicht daheim war. Man konnte durch diese schmutzigen Fenster nichts sehen. Danach gingen die drei langsam zur Hinterseite des Hauses. Inzwischen war es später Nachmittag und Wolken bewegten sich über den Himmel.

Das war sehr gut für ihre Unternehmung.

Die hintere Seite des Hauses sah nicht besser aus. Aber man hatte einen guten Blick ins Haus, da die Tür weit offenstand. Und dann hörten sie es.

Luci war etwas näher herangeschlichen und warf einen Blick in das Haus. Dort türmten sich Kisten und überall standen leere Flaschen herum. Der Bewohner des Hauses war nicht zu sehen. Aber man konnte laut und deutlich ein seltsames Miau hören.

„Das ist Kitty", flüsterte Bronté und bekam große Augen.

„Das ist Kitty?", fragte ungläubig Luci. „Das ist wirklich kein Huhn."

Luci dachte nach.

„Was meint ihr, wie spät könnte es sein?"

Bronté dachte angestrengt nach.

„Vielleicht so gegen sechzehn oder siebzehn Uhr", erklärte sie.

Luci grinste.

„Der Pub öffnet um sechszehn Uhr und ich denke, Dorsey ist da. Ich habe mit Mr Beanstock mal Bestellungen von der Witwe Bloom abgeholt, da ging Dorsey grad in den Pub. Es war sechzehn Uhr und Mrs Bloom meinte dazu: *Nach*

dem alten Dorsey kann man die Uhren stellen. Punkt sech-
zehn Uhr ist er im Pub in seiner Ecke und brütet vor sich
hin."

„Wir gehen rein. Tara, du bleibst draußen und passt auf.
Wenn jemand kommt, pfeifst du", sagte Bronté leise zu ihrer
Schwester.

„Ich kann doch nicht pfeifen", flüsterte das Kind.

„Dann mach einen Vogel nach", antwortete ihre Schwester genervt.

„Welchen denn? Eine Meise?", fragte nun Tara.

„Von mir aus einen Geier, zum Geier", kam es etwas zu
laut zurück.

„Psst, macht nicht solchen Lärm", schimpfte Luci.

Sie betraten das Haus. Was für ein Durcheinander hier
herrschte. Und es roch furchtbar nach Alkohol und Tabak-
qualm. Langsam arbeiteten sich die beiden zur Küche vor.
Nun war es ein Glück, dass man durch die schmutzigen
Fenster nichts sehen konnte.

In einer Ecke stand ein großer Kochtopf und daneben in
einem kleinen Käfig saß Kitty und starrte die Mädchen aus
weit aufgerissenen Augen an. Wahrscheinlich dachte sie bereits daran, wie sie sich den Topf mit Zwiebeln und Sellerie
teilen müsste. Aber es ging ihr gut und Dorsey hatte ihr noch
keine Feder gekrümmt.

Schnell nahmen sie den gesamten Käfig, liefen durch den
engen Flur hinaus, warfen dabei ein paar Flaschen um und
rannten ohne zurückzublicken davon. Tara konnte kaum
Schritt halten.

Erst auf dem Bauernhof hielten die Kinder an, befreiten

das Huhn Kitty und sahen lachend zu, wie sie von ihren Mithühnern mit lautem Gackern begrüßt wurde. Den Käfig versteckten sie auf dem Dachboden in der hinteren Ecke.

Sollten sie Bauer Pitsch nicht sagen, wo sie Kitty gefunden hatten? Aber das würde nur neue Fragen, Vorwürfe und sicher Stubenarrest bedeuten. Also sagten sie nichts und Mr Pitsch sah erstaunt seine beste Legehenne Kitty wieder im Hof herumspazieren. Er kratzte sich am Kopf und streichelte das Tier glücklich. *Wer weiß, was in den Hühnerköpfen los ist. Sie wird sich verlaufen haben,* dachte der Bauer.

Der alte Dorsey kam in Aussicht eines wundervollen Hühnerbratens nach Hause und musste feststellen, dass sein Braten samt Käfig fortgeflogen war. Auch er kratzte sich am Kopf, aber ein Huhn würde er lieber nicht mehr stehlen bei Bauer Pitsch. Das war unheimlich.

Diese Hühner waren verhext.

Holmes und Watson waren zufrieden, Mrs Hudson servierte Tee und die Lupe wanderte unversehrt auf den Schreibtisch des Butlers zurück.

8

Dannyboy

Das Klopfen wurde lauter, dringlicher, fordernder.

Die hohe Stimme mit dem singenden Unterton schien nicht aufgeben zu wollen. Der alte Dorsey stand neben der Tür, dicht an die Wand gepresst und versuchte nicht zu atmen. Früher war er ein hübscher Bursche gewesen, mit lockigem blonden Haar und einem gewinnenden Lächeln. Die jungen Mädchen waren damals nicht abgeneigt, mit ihm auszugehen. Das war lange vorbei. Nun hing sein Haar ungepflegt und strähnig herab. Es war schon lange nicht mehr so voll und lockig. Die Bartstoppeln waren weiß und die rötlich geäderte Nase kam vom vielen Ale. Er ließ sich gehen und hatte scheinbar den Mut zum Leben vollkommen verloren.

„Danny! Dannyboy! Mach die Tür auf. Dein alter Kumpel Micky ist hier. Lass uns reden."

Kalter Schweiß lief Dan Dorsey an der Stirn herab und tropfte auf sein Hemd. Dem Hemd würde man das nicht ansehen. Es hatte die Farbe von Nebel an einem Herbsttag und so viele Flecke, dass man sie nicht zählen konnte. Seine Hände zitterten.

Was wollte dieser Kerl nach all der langen Zeit von ihm?

Er wartete ab und knetete seine Hände.

Der Mann schlug ein letztes Mal hart gegen die Tür.

Das alte Holz knarrte. Dann entfernten sich Schritte. Dorsey hörte den Kies vor dem Haus knirschen.

Er atmete tief ein und schielte vorsichtig durch das winzige Fenster in der Tür. Der Platz vor seinem Haus war leer.

Auf der anderen Straßenseite sah er Mrs Pommerton. Sie war in ihrem Vorgarten, wie an jedem Morgen, mit dem Putzen des Briefkastens beschäftigt.

Wahrscheinlich hatte diese seltsame allmorgendliche Tätigkeit den alten Dorsey gerettet.

Mrs Pommerton lebte bereits ihr Leben lang in Parsley Field. Sie hatte als Lehrerin den Schülern das Leben schwergemacht. Man war in Schülerkreisen hoch erfreut, als sie in Pension gehen musste. Ihre Strafarbeiten waren legendär. Sie schaffte es einmal sogar, eine gesamte dritte Klasse in den Sommerferien zu einem Strafeinsatz in dem kleinen Wäldchen um die alte Klosterruine zu verdonnern.

Während sie es sich auf dem Altar mit einer Thermoskanne Tee gemütlich gemacht hatte, waren die Schüler mit Säcken ausgeschwärmt, hatten Müll gesammelt und neben dem Altar Unkraut gekratzt. Das hatte zu einem strengen Verweis für Mrs Pommerton geführt, in dessen Ergebnis die Geschichtslehrerin in Pension geschickt wurde. Die Klagen der Eltern waren massiv auf den armen Schuldirektor niedergeprasselt und er hatte sich nicht anders zu helfen gewusst.

Mrs Pommerton war eine magere Frau mit einem faltigen Hals und einem Gesicht wie eine schrumpelige Rosine. Man sah sie nie ohne eine sorgfältig gewaschene und faltenfreie Schürze. Wahrscheinlich türmten sich in ihren Schränken diese Dinger. Vielleicht hatte sie sogar ein eigenes Zimmer für ihre Schürzen, das natürlich ordentlich geputzt sein musste. Da ihr nun die Schüler zum Schikanieren fehlten, hatte sie sich auf ihre Nachbarschaft konzentriert und führte Buch über deren Aktivitäten.

Mit einem bösen Blick bedachte Mrs Pommerton den vor Schmutz starrenden Briefkasten ihres Gegenübers. Am liebsten würde sie mit ihrem Lappen hinübergehen und so lange putzen, bis man die Farbe wiedererkennen würde. Aber sie hielt sich mit einem tiefen Schnaufer zurück und putzte wie wild weiter an ihrem Kasten. Eigentlich könnte Dorsey seinen Kasten auch gleich wegnehmen. Er bekam niemals Post. Mrs Pommerton wusste das genau. Sie hatte ihre Nachbarn im Blick. In ihrem Rücken kam ein heiseres Krächzen aus dem offenen Fenster.

„Sei still, Geronimo, du bist noch nicht dran!", rief die Dame nach hinten, ohne den Blick von ihrer wichtigen Putzerei zu lassen. Damit meinte sie ihren Wellensittich.

An diesem Morgen war ihr Nachbar dankbar für ihre ständigen Spitzeleien. Sie hatte ihn vor einem gefährlichen Mann gerettet. Dorsey hatte gehofft, nie wieder von diesen Leuten zu hören. Er hatte angenommen, sie wären nach dem Krieg in alle Winde zerstreut oder tot, was ihm am besten gefallen hätte. Die Society gab es also noch immer. Er hatte nur einen Aufschub erwirkt.

Aufgeben würden diese Leute nicht.

Dan Dorsey schlurfte langsam zurück in seine Küche und setzte Wasser für Tee auf. Dann überlegte er es sich anders, nahm den Kessel vom Herd und griff zu der halb leeren

Whiskyflasche im Schrank. Er nahm aus der Spüle ein Glas, hielt es vor seine Augen und befand, dass es noch nicht zu schmutzig war. Er goss das Glas randvoll und ging damit zu dem Kamin im Zimmer nebenan.

Er legte ein Scheit Holz in das glimmende Feuer. Obwohl es draußen warm war, erschien es ihm in letzter Zeit in seinen Eingeweiden frostiger zu werden.

Mit einem kurzen Seufzer setzte er sich in den Sessel vor dem Kamin, leerte sein Glas und starrte in die Flammen.

Was konnte die Society von ihm verlangen? Er besaß rein gar nichts. Das bisschen Geld für Whisky und Essen verdiente er sich ab und zu auf dem Hof von Bauer Pitsch und das Haus hatte einer alten Tante gehört. Sie hatte es ihm nach ihrem Tod vererbt.

Dann bekam er noch eine dünne Rente. Die verdankte er seinem verlorenen Zeh aus dem Afrikafeldzug. Er brauchte diesen Zeh nicht und das Geld war willkommen. Auch wenn er manchmal Schwierigkeiten hatte, in die Schuhe zu kommen. An seinen Sommerschuhen hatte er kurzerhand die Kappe abgeschnitten, sodass seine Zehen heraussahen. Der abgetrennte Zeh tat ihm immer noch weh, obwohl an der Stelle nur noch eine dicke Narbe war.

Also was wollte man von ihm? Mit Informationen konnte er nicht dienen, so wie er es in London damals gehalten hatte. Es kam nichts Gutes von diesen Leuten. Das war mal klar. Ob es den Whistler noch gab? Dan Dorsey hoffte nicht, denn ansonsten war er verloren.

Er rieb sich den Arm.

Die Tätowierung war nicht mehr da.

Er hatte sie entfernen lassen. Das war nicht sehr professionell geschehen und so hatte er an der Stelle nun viele schmerzhafte Narben. Aber er wollte die Billardkugel mit der Acht darauf nicht mehr sehen.

Er sollte mit William reden.

Doch der hatte ihm erklärt, dass sich ihre Wege nicht mehr kreuzen sollten.

Dass die beiden ehemaligen Freunde sich hier in Parsley Field plötzlich wiedertrafen, war ein reiner Zufall gewesen. In den vielen Jahren, die vergangen waren, hatte sich Dan Dorsey an ihre Abmachung gehalten und war niemals bei William aufgetaucht.

Jetzt lagen die Dinge anders.

Auch William war in Gefahr.

Seine Hände hörten nicht auf zu zittern. Sein Magen rebellierte und er hatte plötzlich das Gefühl, als waberte grauer Nebel durch den Raum. Ein kräftiger Schluck aus der Flasche würde helfen.

Dan Dorsey goss sich das Glas randvoll.

Pilpots Pub

Das *Three Chattering Ducks* war eher bekannt für den schlechten Whisky, abgestandenes Ale und ein Essensangebot, das Magenkrämpfe verursachte.

Das Erscheinungsbild der Wirtsleute war nicht besser als das Aussehen ihres Pubs. Die beiden Besitzer wirkten ungepflegt. Mr Clyde Porter und seine Frau Gilda schienen in einer Kohlenmine zu arbeiten. Das braune Haar der Dame des Hauses sah strähnig aus und wurde von ihr notdürftig in einem Geflecht zusammengesteckt, das jeden Friseur zur Verzweiflung gebracht hätte. Graue schmutzige Flusen bedeckten den oberen Teil ihres Haarturms. Wahrscheinlich kam das von der Decke des Kellerraums, in dem die Vorräte gelagert wurden.

Ihr Mann Clyde war dem Alkohol sehr zugetan und sein hochroter Kopf honorierte diese Tatsache. Dazu kamen ständig tränende, blutunterlaufene Augen, die aber sehr gut mit dem Dreitagebart harmonierten.

Alles in allem nicht sehr ansprechende Wirtsleute. Darum lief auch ihr Pub seit Langem nicht besonders gut. Das mochte daher rühren, dass mögliche Gäste bereits vor dem Pub eher den Eindruck gewannen, es handele sich um eine Ruine. Denn auch das Äußere der Gastwirtschaft stand dem Aussehen der Besitzer in nichts nach.

Als vor ein paar Tagen eine Gruppe Herren wider Erwarten den Pub betrat und sich umsah, war das für Clyde und Gilda ein Glücksfall. Denn man machte ihnen ein Angebot, das sie nicht ablehnen konnten.

Keine dreißig Minuten später hatten sie ihre wenigen Sachen gepackt und verließen Pilpots und ihren Pub mit unbekanntem Ziel. Die Bewohner von Pilpots hinterfragten das nicht. Gilda und Clyde waren nicht sehr hoch angesehen.

Neue Besitzer zogen ein.

Der gute Effekt war, dass das *Three Chattering Ducks* nach ein paar Tagen viel ansprechender aussah.

Der Innenraum bekam neue Möbel, das Getränkeangebot wurde erweitert, eine hübsche rothaarige Kellnerin mit tiefen Einblicken am Dekolleté und grellroten Lippen begann ihre Arbeit und die Außenfassade erhielt einen neuen Anstrich. Die Gastzimmer wurden zwar renoviert, aber man wollte nicht mehr vermieten. In den Zimmern kamen die Angestellten unter und der Wirt, den alle nur Paps nannten. Ein hagerer Mann mit einem seltsamen Blick, den er dem linken Glasauge verdankte.

Das hintere Zimmer mit dem großen Kamin bekam eine neue Tür. Dort hatten die normalen Gäste keinen Zutritt. Das Zimmer war besonderen Gästen vorbehalten.

Man konnte nun einen sehr guten Whisky, frisches Ale, Porter und einen guten Gin bekommen. Die Bewohner von Pilpots waren erfreut. Hatte man doch ansonsten den etwas längeren Weg nach Parsley Field auf sich nehmen müssen. Davon waren die Ehefrauen des Ortes nicht begeistert gewesen, denn ihre Gatten kamen immer später zurück aus dem

Nebenort und nicht gerade leise. Natürlich bedeutete das für Sean im *Jack O'Lantern* in Parsley Field Verlust. Aber er nahm es gelassen. Irgendwann würde er sich diesen neuen Pub einmal genauer ansehen, aber das konnte warten.

Als an einem der nächsten Sonntage Mrs Porkpie wieder einmal den freien Tag bei ihrer alten Freundin in Pilpots verbracht hatte, berichtete sie am Abend beim Abendessen in der Küche von Parsley Manor davon.

Beanstock und Gonzales sahen sich verstehend an. Sie hatten vor einiger Zeit Bekanntschaft mit dem heruntergekommenen Pub gemacht. Beanstocks Nacken kribbelte vor Abscheu, wenn er daran zurückdachte. Die Wirtsleute waren dem Butler noch gut in Erinnerung. Beanstock hatte damals dort nach einem Mann gesucht, der in Verbindung mit einem ägyptischen Skarabäus stand. Ein übler Zeitgenosse, der ein schlimmes Ende fand.

Nun hatte das alte Wirtshaus also neue Besitzer. Gut so. Es konnte nur besser werden.

Mrs Porkpie berichtete von dem neuen Wirt und beschrieb ihn als älteren Herrn mit einem starren Blick. Ihre Freundin hatte ihn auf der Straße des Ortes gesehen und gemeint, dass sein Begleiter ihn Paps nannte, ein seltsamer Name. Sein Begleiter war zwar gut angezogen, aber er hatte das Aussehen eines Boxers. Man könnte direkt Angst bekommen. Das hatte Miss Hasting ihrer Freundin Mrs Porkpie berichtet.

Mr Herringbone wurde blass.

Sein Appetit war verschwunden. Er legte seine Gabel zur

Seite, entschuldigte sich mit dringenden Tätigkeiten und verließ die Küche.

Später dann saß Herringbone auf der Bank vor dem Gewächshaus und sah den Vögeln am Himmel zu. Mit der rechten Hand kraulte er das Fell des Katers, der die Augen genüsslich geschlossen hatte und leise schnurrte. Plötzlich hob der Kater den Kopf und starrte in Richtung der breiten Fliederbüsche, die bereits dicke Knospen hatten. Das Tier hatte etwas gehört und Mortecai konnte man so schnell nichts vormachen.

„Wer ist da?", fragte Herringbone und kalter Schweiß stand auf seiner Stirn. Hatte man ihn schon gefunden?

Aus dem dichten Buschwerk trat der alte Dorsey hervor.

„Bin nur ich. Ich weiß, ich soll nicht hierherkommen. Ließ sich nicht ändern. Muss dir was sagen."

„Das kannst du für dich behalten", Herringbone stand auf und wirkte erbost. „Ich habe schon gehört, wer sich hier in der Gegend rumtreibt, und nun geh wieder, bevor dich jemand sieht. Ich will das nicht." Der Gärtner nahm Mortecai auf den Arm und ging zur Tür des Gewächshauses.

„Micky war bei mir!", rief ihm Dorsey nach. „Sieh dich vor." Dann verschwand er und im Gehen murmelte der alte Mann: „Es tut mir leid."

Dan Dorsey

Ein paar Tage danach fuhr der Wagen der Polizeistation Parsley Manor vor.

Mr Beanstock meldete den Baronets Inspector Greenwood. Lady Fedora bestellte Tee, aber der Inspector lehnte dankend ab.

„Ich würde gern mit ihrem Gärtner sprechen. In Parsley Field lebte seit Ende des Krieges der Neffe von Mrs Dorsey in ihrem alten Haus am Ortsausgang. War sicher eine Erbschaft. Das ist kein besonders schönes Haus und runtergekommen ist es auch. Nun ist Mr Dorsey leider vor ein paar Tagen gestorben. Es sieht nach einem Herzanfall aus. Wir werden das noch untersuchen. Er war ein ziemlicher Trinker vor dem Herrn. Da er allein lebte, hat man ihn erst heute entdeckt. Wir bekamen einen Hinweis von Mrs Pommerton, die gegenüber wohnt. Nun haben wir im Haus Schriftstücke gefunden, die Mr Herringbone interessieren dürften. Mr Dorsey hat ihm alles, was er je besessen hatte, hinterlassen. Mehr als das baufällige Haus ist dort leider nicht. Der Mann hat ziemlich ärmlich gelebt."

„Beanstock, bringen Sie den Inspector zu Mr Herringbone und versichern Sie ihm unser Mitgefühl. Wir wussten nicht, dass er mit diesem Mann befreundet war", sagte Sir

Percival.

„Es sieht also nicht nach äußerer Gewalt aus, Sir?", fragte der Butler auf dem Weg in den Garten.

„Fahren Sie Ihre kriminalistischen Antennen ruhig wieder ein, Mr Beanstock. So wie wir ihn vorfanden, sieht alles nach einer natürlichen Todesursache aus. Er saß ruhig in seinem Sessel, daneben noch das halb volle Whiskyglas und schien zu schlafen. Dr. Winterbottom hat eine natürliche Ursache festgestellt. Wahrscheinlich Herz- und Leberversagen, meinte er. Aufgrund seines extremen Alkoholkonsums über die vielen Jahre und dem ungesunden Lebenswandel nicht verwunderlich. War schon ein seltsamer Kauz. Constable Donegal kannte ihn seit Langem. Sprach mit keinem Menschen mehr als nötig und verschanzte sich die meiste Zeit in seinem krummen Haus. Wenn er rauskam, ging es entweder zu Bauer Pitsch, Geld verdienen, oder gleich in den *Jack O`Lantern* zum nächsten Ale. Keine Chance für Sie, etwas anderes daraus zu basteln."

Der Inspector grinste breit. „Haben Sie eine Ahnung, warum Herringbone ihn nie erwähnt hat?"

Beanstock blieb kurz stehen und überlegte. Aber es fiel ihm kein einziges Wort ein, das der Gärtner über diesen Mann verloren haben könnte.

„Nein, dazu kann ich nichts sagen. Aber wieso kommen Sie in einem natürlichen Todesfall persönlich und schicken nicht einfach den Constable?"

Inspector Greenwood verdrehte die Augen. „Sie haben ja doch wieder die Krimiantennen rausgefahren. Ich war neugierig. Dorsey war niemals auf meinem Schirm", sagte der

Inspector. „Die Nachbarin, Mrs Pommerton, nebenbei gesagt eine schlimme Klatschtante, hat ein ganzes Buch vollgeschrieben mit Beobachtungen. Darin war ein seltsames Vorkommnis vor ein paar Tagen vermerkt. Ein fremder Mann mit, wie die alte Dame sich ausdrückte, einer Visage wie ein Gangster aus den 20ern, hämmerte an die Tür von Dorsey. Der hat nicht geöffnet, obwohl er im Haus war. Das wusste unsere Dame natürlich ganz genau."

„Hm", meinte Beanstock nur nachdenklich.

Der Gärtner war mit den Rosen beschäftigt. Man sah von Weitem über dem Beet seinen leichten Sommerhut auf- und abtanzen.

Als er die beiden Herren kommen sah, hatte Beanstock den Eindruck, dass es ihm die Stimme verschlug. Sein Schnauzbart zitterte leicht.

Der Inspector informierte ihn über den Vorfall und fragte dann, woher er den Mann gekannt hatte.

Herringbone schluckte schwer. Dann räusperte er sich und legte seine Schere zur Seite.

„Wir kannten uns aus dem Krieg. Davor waren wir gemeinsam in einer Gärtnerei. Eigentlich kennen wir uns bereits aus dem Sandkasten, wenn ich das so sagen darf. Sie meinen also, es war sein Herz? Wirklich? Getrunken hat er immer schon zu viel und auf sich geachtet niemals. Armer Kerl."

„Wenn Sie mit ihm zur Schule gegangen sind, müsste er doch so alt wie Sie sein? Ich hätte ihn viel älter geschätzt", fragte der Inspector.

Herringbone trat von einem Fuß auf den anderen.

Er räusperte sich erneut.

„War älter als ich, so um die fünfzig. Vielleicht fünf Jahre mehr. War ja in einer Klasse über mir auf der Schule. Ist wohl auch ein zweimal sitzen geblieben. Ja so war das." Der Gärtner verfiel erneut in Schweigen und sah zu Boden. Der Inspector deutete das als Trauer und war mit der Geschichte zufrieden. Hier gab es nichts mehr zu tun. Er reichte dem Gärtner die Papiere und erklärte ihm, dass er auf einen Bescheid vom Gericht warten solle, dann würde ihm das Haus gehören. Dann verabschiedete er sich und ging.

Beanstock blieb noch einen Moment und beobachtete den Gärtner.

„Wann haben Sie Ihren Freund zuletzt gesehen, Herringbone?", fragte er nun.

„War nicht mein Freund", kam es etwas zu heftig von dem Gärtner. Er griff wieder zu seiner Schere und wollte weiter seine Rosen pflegen.

Dann besann er sich. Er wusste, der Butler meinte es gut und wollte ihm helfen.

„Entschuldigen Sie bitte, Sir. Ich wollte mit Dorsey nichts mehr zu tun haben. Er hat mich damals in London sehr enttäuscht und so wollte ich ihn nie mehr wiedersehen. Dass er hier auftauchte, war ein Zufall. Ich möchte auch dieses Haus nicht haben, das können Sie mir glauben. Ich bin hier zuhause und so möchte ich, dass es bleibt. Und gesehen habe ich Dorsey seit dem Krieg nicht mehr."

Beanstock nickte dem Gärtner noch einmal zu.

„Wenn Sie Hilfe benötigen, bin ich für Sie da."

Dann ging der Butler zurück ins Haus.

Seine Krimiantennen wollten nicht wieder zurück in die Ausgangsposition. Die Sache mit dem fremden Mann an Dorseys Tür war ihm sofort suspekt vorgekommen.

Wenn es eine Person aus dem Haushalt der Baronets betraf, seien es die Herrschaften oder die Angestellten, war das eine Sache der Ehre.

Beanstock war bereit, Schaden vom Haus fernzuhalten.

Er würde den Gärtner im Auge behalten. Wenn auch nur, um ihn zu schützen.

Beanstock dachte an Bernice, das frühere Zimmermädchen, zurück. Er hatte sie nicht beschützen können. Und das nur, weil das Mädchen sich ihm nicht anvertraut hatte. Ihr gewaltsamer Tod hatte den Butler tief erschüttert.

Das würde ihm sicher nicht noch einmal passieren.

⑧

Neue Gesichter im Ort

Am Nachmittag erwartete man auf Parsley Manor Pfarrer Wilson zum Tee. Er wollte Sir Percival einen neuen Mitarbeiter der Kirchengemeinde vorstellen.

Nach langen Anfragen bei seinem Landesbischof hatte man dem Herrn Pfarrer endlich einen Vikar zugeordnet. Pfarrer Wilson war nun bereits fünfundsiebzig Jahre alt und wollte die sonntäglichen Predigten ab und zu gern einmal einem Jüngeren überlassen. Dann könnte er sich endlich mehr seinen Architekturstudien widmen und den Groschenromanen aus dem Wilden Westen, die er so liebte.

Sir Percival war darüber erfreut. Verband er doch damit die Aussicht auf interessantere Themen zur Sonntagsmesse. Er war schon sehr gespannt.

Der gute Pfarrer Wilson hingegen freute sich vor allem auf das leckere Kuchenangebot, das ihn auf Parsley Manor erwartete. Mrs Argyle hatte den runden Tisch im Salon decken lassen und Mrs Porkpie hatte am Vormittag ihren berühmten Erdbeerkuchen gezaubert.

Der junge Vikar stellte sich mit einer leichten Verbeugung vor.

„Darf ich mich vorstellen? Mein Name ist Vikar Thomas Burton. Vikar in Ausbildung, möchte ich betonen. Ich freue mich, in Parsley Field zu sein." Die Worte kamen nicht ganz

58

problemlos aus dem Mund des jungen Mannes. Er musste oft schlucken und versuchte so sein Stottern zu überwinden, das ihn seit Langem plagte.

Er schien sehr zurückhaltend und schüchtern zu sein.

Auf seinem schmalen Gesicht lag eine ungewöhnliche Blässe und die tief in den Höhlen liegenden blauen Augen waren unruhig wie zwei flatternde Schmetterlinge. Sein bräunliches Haar war ordentlich gekämmt, gleich große Strähnen zu beiden Seiten eines wie mit einem Lineal gezogenen Scheitels.

Lady Fedora reichte ihm die Hand und zog ihn mit einem aufmunternden Blick zu einem bequemen Stuhl.

„Wir freuen uns, Ihre Bekanntschaft zu machen, Vikar Burton, und fühlen Sie sich bitte recht wohl bei uns. Unser lieber Pfarrer Wilson ist ein gern gesehener Gast auf Parsley Manor."

Sie wandte sich zu ihrem Butler um, der auf ein Zeichen wartete, und nickte ihm zu. Beanstock ging in die Küche und kam mit einem Tablett zurück, auf dem sich eine silbrige Kanne mit duftendem Tee befand. Er hatte auf den Blick My Ladys gewartet.

Auf der Butlerschule hatte Beanstock das Warten mit einer ausdruckslosen Miene üben müssen.

Bereits in diesem Augenblick verteilten sich die ersten Krümel auf der Soutane des Pfarrers und Lady Fedora sah mit großen hilflosen Augen zu ihrem Butler. Wie immer würde man nach kurzer Zeit sehen, was der gute Pfarrer gegessen und getrunken hatte. Beanstock würde wieder seine Kleiderbürste benötigen.

Sir Percival erzählte ein paar heitere Geschichten aus der Zeit in Ägypten, Lady Fedora berichtete von ihrem neuen Blumenbuch und Mr Beanstock servierte nach dem Tee einen guten Likör, zu dem der Herr Pfarrer nicht Nein sagen konnte. Vikar Burton beteiligte sich kaum an den Gesprächen. Auch als Lady Fedora ihn fragte, wo er aufgewachsen wäre, konnte sie ihm nur einen kurzen Satz entlocken.

„Ich bin in London geboren, My Lady."

Nach gut zwei Stunden machten sich die beiden Herren wieder auf den Weg und verabschiedeten sich.

„Wie findest du unseren jungen Vikar, Darling?", fragte Lady Fedora ihren Mann.

„Er ist sehr ruhig. Wahrscheinlich muss er erst richtig ankommen in seinem neuen Zuhause. Das ist doch nicht so einfach", antwortete Sir Percival und ging mit großen Schritten ins Haus zurück. Lady Fedora stand noch eine Weile vor dem Eingang und genoss die herrliche Nachmittagssonne.

„Ich bin dann mal weg", polterte lautstark der Baronet und kam mit dem aufgeregt bellenden Junior zurück aus dem Haus.

„Nun beruhige dich mal, mein Freund", sagte er zu Junior und streichelte dem Beagle liebevoll über den Kopf.

„Du tust ja so, als wäre seit Tagen niemand mit dir gegangen. Die liebe Luci kümmert sich doch blendend um dich, also sei mal ganz ruhig."

Fröhlich gingen die beiden durch den hinteren Garten, am Gewächshaus vorbei, durch das kleine Wäldchen davon. Lady Fedora sah ihnen lächelnd nach. Dann ging sie zurück an ihre Arbeit im Atelier.

Im Gewächshaus beobachtete der Gärtner seinen Arbeitgeber. Er wusste, dass die Gäste nun wahrscheinlich gegangen waren. Er hatte einen Entschluss gefasst und wollte mit Mr Beanstock reden. Wenn man ihn hinauswerfen würde, weil er etwas aus seinem Leben verheimlicht hatte, dann müsste er es akzeptieren. Aber diese Heimlichkeiten sollten endlich ein Ende haben.

Er strich seinem Kater Mortecai liebevoll über den Kopf.

„Wir kommen schon zurecht, mein Lieber, oder?"

Dann nahm er seine Gärtnerschürze ab, hängte sie sorgsam an einen Haken, bürstete seine Hose ab und besah sich in dem kleinen Spiegel an der Wand sein Gesicht. Alles war in Ordnung. Er räusperte sich kurz, da er das Gefühl hatte, ein Kloß würde in seinem Hals stecken.

Er fand den Butler in der Küche.

„Mr Beanstock, dürfte ich Sie kurz sprechen?", begann er seine Beichte.

Beanstock hatte erwartet, dass der Gärtner ihm irgendwann erzählen würde, was ihn bedrückte. Er hatte Mr Herringbone als einen sehr integren Menschen kennen und schätzen gelernt.

„Gehen wir in mein Büro", sagte der Butler und ging voraus. Das enttäuschte Gesicht von Phillis sah er zum Glück nicht. Sonst wäre wieder einmal ein Tadel fällig gewesen. Sie hätte zu gern mitbekommen, was der Gärtner zu erzählen hatte. Er war immer schon ein ruhiger Mann, aber in den letzten Tagen war er noch wortkarger gewesen. Das hatte das gesamte Personal bemerkt.

Herringbone erzählte Beanstock die ganze unsägliche

Geschichte. Angefangen von der Schulzeit, als ihm Dan Dorsey half, über die Sache mit dem Kaufhaus Selfridge, bis hin zum Tod seines Vaters, für den er sich die Schuld gab. Es war eine lange Beichte. William Herringbone fragte sich hinterher, warum er das nicht schon vor langer Zeit dem Butler erzählt hatte. Er fühlte sich, als würde eine schwere Last von seinen Schultern fallen.

Beanstock dachte nach. Er hüllte sich in Schweigen, bis er bemerkte, wie nervös der Gärtner auf seinem Stuhl herumrutschte. Aber diese Geschichte musste er verdauen. So viele Informationen hätte er eher von dem Chauffeur Gonzales erwartet, der ständig aus seiner Kindheit und Jugend erzählte, gefragt oder ungefragt. Gonzales war ein großer Erzähler.

Aber Herringbone? Dieser ruhige, in sich zurückgezogene Mensch? Beanstock war mit seiner Arbeit im Garten mehr als zufrieden. Sah man einmal von Lady Fedoras Angst ab, dass Herringbone für ihre Begriffe in jedem Jahr zu viel zurückschneiden würde von ihren geliebten Sträuchern und Bäumen, machte er seine Arbeit exzellent.

„Mr Herringbone. Sie haben da eine Menge schlimmer Dinge erlebt. Ich, als Außenstehender, möchte Ihnen eines versichern. Nach meinem Dafürhalten tragen Sie am Tod Ihres Vaters keinerlei Schuld. Aus Ihrer Erzählung schließe ich vielmehr, dass vor allem die Kriegserlebnisse Ihren Vater so sehr geschwächt haben, dass er einfach den Lebenswillen verloren hatte. Das wäre wohl die wichtigste Erkenntnis, die ich Ihnen sagen möchte."

Herringbone blickte zu Boden.

Er nahm schnell sein Taschentuch aus der Hosentasche, da er bemerkte, wie nass seine Augen wurden.

Der Butler sah das Taschentuch gern, war er doch ansonsten immer derjenige, der Taschentücher an weinerliche Damen verteilen musste.

„Was ist mit der anderen Sache, Sir?", fragte Herringbone den Butler.

„Diese andere Sache ist schlimm, ja sicher, aber Sie wollten einem Freund helfen. Sie sahen keinen Ausweg. Sie waren jung und unerfahren. Dan Dorsey hat Ihre Hilfe sicher nicht verdient, aber das Leben hat es mit Ihnen besser gemeint als mit ihm."

„Darf ich bleiben?", kam es sehr zaghaft von William Herringbone.

„Das steht außer Frage. Ich würde niemals einen so guten Gärtner, wie Sie es sind, gehen lassen. Was diesen Micky angeht, von dem Sie sprachen. Der Herr scheint nicht sehr nett zu sein. Wir sollten diese Sache auf jeden Fall nicht zu gering bewerten und sehr aufmerksam sein. In Parsley Field ist er sicher nicht im hiesigen Pub untergekommen. Ich denke, er wird sich anderweitig eingemietet haben. Warum er hier war, müssen wir noch herausbekommen. Es wird auf jeden Fall nichts Gutes sein."

„Ich danke Ihnen, Sir. Ich hätte nicht gewusst, was ich tun sollte. Werden Sie Sir Percival berichten?"

Beanstock dachte einen Moment nach.

„Nun, sicher werde ich ihm berichten. Das gehört sich so. Aber ich kann Ihnen jetzt schon sagen, dass sich dadurch nichts ändern wird. Seien Sie unbesorgt. Was wollen Sie mit dem Haus anfangen?"

Herringbone zuckte die Achseln.

„Ich will es nicht haben."

„Dann schlage ich Ihnen vor, es zu veräußern. Es ist in einem erbarmungswürdigen Zustand, so viel ich gehört habe. Darf ich einen Vorschlag machen?"

Herringbone nickte zustimmend.

„Ich werde Sir Percival bitten, seinem Makler einen Auftrag zu erteilen. Das wird er gern tun und für Sir Percival entstehen keinerlei Kosten. Sie werden natürlich kein Vermögen zu erwarten haben."

„Ich will es einfach nur los sein, Sir", antwortete der Gärtner.

„Ich verstehe. Und nun gehen Sie zurück an Ihre Arbeit. Ich helfe Ihnen. Es war richtig, zu mir zu kommen."

Mit einer knappen Verbeugung und einem Lächeln verließ der Gärtner das Büro. Vor der Tür hätte ihn fast Luci umgerannt, die gerade mit wehenden Fahnen von der Schule kam. Mit einer leisen Entschuldigung wollte sie sich an Herringbone und der offenen Bürotür vorbeistehlen. Sie hätte wissen sollen, dass das nicht klappen konnte.

„Luci, komm bitte herein", schallte es aus dem Büro.

Das Mädchen verdrehte kurz die Augen und sah den Gärtner hilflos an. Herringbone drehte sie aber in Richtung Tür und schob das Mädchen zu Beanstock hinein.

„Nur Mut, kleine Lady, er beißt doch nicht", flüsterte er Luci ins Ohr. Dann ging er aus der hinteren Küchentür zurück in seinen geliebten Garten und sog tief die frische Luft ein.

Nun stand das Mädchen vor dem Butler und sah sich sehr interessiert ihre neuen Lackschuhe an. Sie liebte diese schönen schwarzen glänzenden Schuhe mit der kleinen Samtschleife obenauf.

„Luci, schau mich bitte an, wenn ich mit dir spreche."

Das Kind hob sein Gesicht.

„Warum kommst du so spät nach Hause? Nach der Schule sollst du sofort zurückkommen. Das wäre dann vor zwei Stunden gewesen, rechnet man deinen Schulweg und vielleicht etwas vertrödelte Zeit mit ein. Wenn deine Hausarbeiten erledigt sind und du dich ordnungsgemäß bei mir abgemeldet hast, steht es dir doch frei, deinen Nachmittag zu gestalten. Was hat dich heute aufgehalten?"

Luci sah wieder auf ihre Schuhe.

„Bronté wollte mir etwas zeigen. Sie haben einen großen Baum hinter dem Haus und ihr Bruder baut den Kindern dort ein Baumhaus. Sie sollten es sehen, Mr Beanstock, es wird riesengroß und es hat ein Dach und man kann nur über eine Strickleiter hinauf." Lucis Worte sprudelten aus ihrem Mund wie ein Wasserfall.

Beanstock konnte sich ein Lächeln nicht verkneifen. Dann räusperte er sich und setzte wieder eine ernste Miene auf. „Nun gut, das kann ich nachvollziehen. Aber dein erster Weg führt nach Hause und an deine Schularbeiten. Danach kannst du gern zu den Pitsches laufen und spielen. Siehst du das ein?"

Luci nickte lächelnd.

„Ich werde daran denken. Ganz bestimmt."

Beanstock wusste, es würde bei der nächsten Gelegenheit

das gleiche Gespräch geben.

„Nun los, an deine Arbeit. Ich schaue mir nachher deine Aufgaben an."

Luci rannte wie der Blitz aus der Tür.

„Regel 15!", rief er dem Mädchen nach.

„Wir rennen nicht im Haus!", rief Luci von der Treppe. Aus der Küche kam lautes Lachen. Beanstock räusperte sich.

Einige Meilen entfernt im Nachbarort Pilpots nahm der Wirt des Pubs *Three Chattering Ducks* eine Flasche Whisky und schenkte sich einen ordentlichen Schluck in ein Glas ein. Die hübsche Kellnerin Pam beobachtete ihn, während sie die Tische mit einem Lappen putzte.

Ihr langes lockiges Haar hatte die Farbe von einem Sonnenuntergang in der Karibik, rot leuchtend und seidig glänzend. Auf ihren rot geschminkten Lippen und in den schönen grünen Augen lag ein Hauch von Melancholie, der sie noch interessanter erscheinen ließ. Die Figur war makellos, vielleicht etwas zu dünn für den Geschmack des Whistlers, aber er hatte sie ohne nachzudenken eingestellt. Ein alter Kumpan aus seiner Zeit in London hatte sie ihm wärmstens empfohlen. Der Chef musste sich auf die Diskretion seiner Leute verlassen können.

Pam war allein mit dem Wirt, den alle nur Paps nannten. Er war ein schmierig wirkender Mann mit einem seltsamen Blick. Das Glasauge tat ein Übriges. Sein Kopf war kahl und rund und glänzte im Schein der Lampen. Ansonsten war Paps nicht besonders groß, dafür aber ein schlauer Planer, dem der Whistler viele lukrative Ideen verdankte.

Er trank den letzten Schluck und stellte das leere Glas in die Spüle.

„Ich sehe im Keller nach den Vorräten. Mach auch noch das Kaminzimmer bereit. Wir bekommen heute Besuch aus Manchester. Beeil dich ein bisschen. Das Gästezimmer muss auch noch vorbereitet werden", sagte er zu Pam, sah die junge Frau provozierend lächelnd an und gab ihr einen Klaps. Dann ging er in den Keller. Dabei stellte er sicher, dass die Tür hinter ihm gut geschlossen war. Pam hatte keinen Zutritt zum Keller.

Pam schloss für einen Moment die Augen. Es schüttelte sie jedes Mal, wenn dieser Kerl sie berührte.

Als sie im Kaminzimmer fertig war, horchte sie nach Schritten aus dem Keller. Nichts zu hören. Sie atmete auf und lächelte. Dann ging sie die Treppe hinauf zu den Zimmern und bereitete das große Gästezimmer für den Gast vor.

Als am Abend immer noch nichts von Paps zu sehen war, machte Pam Cube darauf aufmerksam, dass man ein neues Fass Ale brauchte und Paps noch nicht wiederaufgetaucht war. Cube, ein plumper und wortkarger Riese ließ sich vom Whistler den Schlüssel geben. Der Chef war seit einer Stunde mit seinen Gästen im Kaminzimmer und besprach wichtige Details für ein neues Geschäft.

Cube öffnete die Tür. Das Licht brannte und am Fuß der langen Steintreppe lag eine zusammengekauerte Gestalt mit verdrehten Armen und Beinen. Er musste ausgerutscht sein. Cube holte den Chef und sie stellten fest, dass Paps nicht mehr lebte.

Das Glasauge war beim Sturz aus der Augenhöhle gefallen, lag etwas entfernt neben einem Fass und schien sie zu beobachten.

Das passte dem Chef ganz und gar nicht. Dieser Unfall kam nicht sehr passend. Er gab Cube den Auftrag, zusammen mit Micky die ordnungsgemäße Entsorgung zu übernehmen. Das bedeutete so viel wie, begrabt ihn hinter dem Pub. Große Emotionen zeigte der Whistler nicht. Es würde auch ohne Paps gehen.

Deshalb sah man sich die Leiche auch nicht näher an. Ein Rechtsmediziner hätte vielleicht noch den ein oder anderen Einwand gehabt zur Todesursache. Vielleicht hätte er bemerkt, dass ja die Treppe nicht besonders glatt war oder dass der Tote eine gewaltige Beule am Hinterkopf hatte. Aber den Whistler interessierte vor allem, dass es keine Untersuchung gab. Er konnte die Polizei aus gutem Grund nicht leiden. Dann würde man den Keller genau unter die Lupe nehmen, das war nun einmal gar nicht gut.

Außerdem war die Kellertür abgeschlossen gewesen, wer sollte Paps etwas getan haben?

So bekam Paps, dessen richtiger Name niemandem einfallen wollte, ein schnell ausgehobenes Grab hinter dem Pub und schon am nächsten Morgen fuhr der Lieferwagen der Brauerei über seine letzte Ruhestätte. Vielleicht hätte es ihm sogar gefallen. Er liebte Ale.

Das alte baufällige Haus am Rande von Parsley Field fand schnell einen Käufer. Der Makler hatte nicht damit gerechnet und gemeint, dass er dieses Objekt wohl eine halbe Ewigkeit an der Backe haben würde. Aber bereits nach einer

Woche fand sich ein junger Mann, der es zu diesem überaus günstigen Preis, wie der Makler verkündete, sofort kaufte. Mrs Pommerton legte derweil im Nachbarhaus ein neues Notizbuch an. Der erste Eintrag war nicht sehr erheiternd für die alte Mrs Pommerton.

Zwei junge Männer ziehen ein. Was an sich schon unmöglich ist. Im Vorgarten stapeln sich die Koffer und Kästen. Wie in einem Zigeunerlager sieht es auf dem Grundstück aus. Zu allem Überfluss erfuhr ich, als ich den Makler fragte, dass der eine Maler ist und ein Atelier aus dem Haus macht. Ein Maler, bald schon werden hier ganze Horden von sogenannten Künstlern herumlaufen und den Rasen niedertrampeln, sicher wird auch der Vorgarten nicht gemacht werden und der Briefkasten nicht geputzt, es ist ein Desaster, ich muss sehr genau aufpassen, Künstler sind zuweilen nicht sehr fleißig und trinken.

Aber die alte Dame sollte sich noch wundern. Der Vorgarten wurde entrümpelt, die Fenster geputzt, die Eingangstür bekam einen neuen Anstrich und nach einer Woche erkannte man das alte Haus kaum wieder. Nur die alten, heruntergekommenen Möbel, die sich im Hinterhof stapelten, zeugten noch von dem Vorbesitzer Dan Dorsey.

Zu allem Überfluss klopfte es nach ein paar Tagen an der Tür der Mrs Pommerton.

Einer der jungen Herren stand vor ihr mit einem gewinnenden Lächeln und überreichte der vollkommen überraschten alten Dame einen selbst gebackenen Kuchen.

„Wir möchten uns gern vorstellen. Mein Name ist Edgar Wright. Meinen Bruder Tim haben Sie sicher schon gesehen.

Wir hoffen auf eine gute Nachbarschaft."

Mrs Pommerton war so überrascht, dass sie kein Wort der Erwiderung herausbekam, was ihr im Leben wohl noch niemals passiert sein dürfte. Sie nahm den Kuchen und Edgar Wright ging lächelnd zurück zum Haus.

Im Hintergrund kreischte der Wellensittich.

„Sei still, Geronimo, du bist nicht dran!", brüllte sein Frauchen durch das Haus.

Mr Herringbone bekam für den Hausverkauf eine kleine Summe ausgezahlt und würde hoffentlich niemals wieder etwas von Dans Kumpanen hören.

Mr Beanstock notierte die Namen der beiden neuen Besitzer des Hauses in sein kleines schwarzes Buch.

Der Verkauf war doch wirklich sehr schnell passiert. Vor allem, wie er herausbekam, als er mit dem Makler gesprochen hatte, ohne dass die Anzeige in der Times schon gedruckt worden war.

Der Makler rieb sich die Hände und machte sein außergewöhnliches Talent dafür verantwortlich, während dem Butler die Sache seltsam erschien.

Spionieren für Anfänger

Am darauffolgenden Tag klingelte bereits am frühen Morgen das Telefon. Beanstock nahm ab und meldete sich mit seinem vorschriftsmäßigen Satz.

„Parsley Manor, Butler Beanstock am Telefon, was kann ich für Sie tun?"

„Beanstock, hier ist Henry", sagte eine Stimme am anderen Ende der Leitung.

„Henry?", fragte Beanstock in möglichst gleichgültigem Ton. Er wusste genau, wer am Telefon war.

Er hatte dem neuen jungen Butler seiner Lordschaft, des Earl of Southcoffelton, bereits bei mehr als einer Gelegenheit klarmachen müssen, wie man sich am Telefon korrekt melden sollte. So auf keinen Fall.

Der Anrufer am anderen Ende der Leitung schien seinen Fehler bemerkt zu haben und Beanstock war sich sicher, gehört zu haben, wie Henry die Augen verdrehte. Auch wenn das nicht möglich war. Aber Beanstock konnte eine Menge Dinge mehr hören als normale Menschen. Luci war sogar der Meinung, dass der Butler seine Ohren irgendwo ablegen könnte, um alles mitzubekommen.

„Hallo, Mr Beanstock, hier ist Henry, der Butler seiner

Lordschaft, des Earl of Southcoffelton. Ich habe eine Nachricht zu übermitteln."

„Ach Sie sind es, Henry, sehr gut. Das freut mich. Wie lautet diese Nachricht?"

„Lord Mortimer und Lady Marjorie bitten heute zum Tee. Wenn es nicht allzu große Umstände für Sie bedeutet, Mr Beanstock, würde ich Sie ebenfalls gern sprechen. Ich habe da ein Problem und möchte Ihre Meinung hören."

„Sir Percival und Lady Fedora haben heute keine Verpflichtungen. Somit steht einem Besuch nichts im Wege. Natürlich muss ich noch mit den Baronets sprechen. Ich werde mich dann später noch melden und mich den Herrschaften anschließen."

Henry dankte dem Butler und legte auf.

Nach Rücksprache mit den Baronets meldete er sich erneut bei Henry, mit der gleichen genauen Ansprache, und übermittelte ihren Dank für die Einladung.

Dann informierte er den Chauffeur. Gonzales war in der Garage und putzte an einem vollkommen verrostet wirkenden Teil herum. Dabei pfiff er ein Lied. Der rechte Fuß trommelte auf dem Boden den Takt.

„Sie begleiten uns, Mr Beanstock? Rieche ich da einen neuen Kriminalfall? Maravilloso, endlich geht es wieder los. Ich bin, wie immer, dabei, Señor!", rief Gonzales.

„Beruhigen Sie sich, es ist nur eine Einladung zum Tee und ich will mit Henry reden. Er hat ein Haushaltsproblem."

„Wie langweilig, geht es um das richtige Silberputzmittel?", sagte Gonzales und sah traurig drein.

Aber dann hellte sich seine Miene auf.

„Ich habe gehört, auf Southcoffelton Castle gibt es ein neues Küchenmädchen. Vielleicht wird es doch interessant."

„Gonzales, halten Sie sich zurück", bemerkte der Butler und verließ kopfschüttelnd die Garage.

Pünktlich zum fünf Uhr Tee fanden sich die Baronets auf dem Familiensitz des Earls of Southcoffelton ein.

Das Wasserschloss war ein eindrucksvolles Gebäude aus der Zeit der Kreuzzüge. Bereits vom Wald aus, der sich um den gesamten See zog, konnte man die vier hohen Türme mit den wehenden Fahnen sehen. Im fünfzehnten Jahrhundert erbaut, diente es dem ersten Earl, Lord Bartholomeus, der aufgrund seiner dicken roten Nase, den wallenden roten Haaren und der dröhnenden Stimme nur Earl of Ale genannt wurde, zu Verteidigungszwecken. Allerdings standen niemals Truppen vor dem Castle. So ließ der dritte Earl die Anlage zu einem Wohnschloss umbauen.

Der heutige Lord Mortimer baute dann kurzerhand noch einmal um und ließ moderne Bäder und eine bessere Heizung installieren. Die Außenmauern waren immer noch die alten, dicken Befestigungsanlagen. Bis zur Höhe der Dächer rankte sich wilder Wein und blühende Clematis hinauf.

Alles in allem wirkte es wie ein altes wunderschönes Märchenschloss und Luci hatte Beanstock auf Knien angefleht, sie mitzunehmen. Sie verklärte das Castle zu einem Ort, an dem Prinzessinnen von hohen Türmen winkten und Prinzen auf weißen Rössern durch den Hof galoppierten. Aber Beanstock war unerbittlich gewesen. Mit dem Hinweis auf ihre Schulaufgaben hatte er der Bettelei ein Ende gesetzt.

Mrs Argyle hatte den Butler hinter Lucis Rücken mit großen traurigen Augen angesehen. Sie hatte das Mädchen so gut verstehen können.

Also hatte der Butler dem Kind erklärt, dass er bereit wäre, ein andermal mit ihr das Castle zu besuchen.

Lucis Gesicht hatte sich wieder aufgehellt und sie war fröhlich davongehüpft. Mrs Argyle hatte still gelächelt.

Der Bentley fuhr über die alte Steinbrücke, vorbei an zwei großen Steinlöwen, die das Castle bewachen sollten, aber wohl eingeschlafen waren. Der Zahn der Zeit hatte mächtig an ihnen genagt.

Auf dem Hof erwartete man sie bereits.

Beanstock öffnete die Tür des Wagens und half Lady Fedora beim Aussteigen. Lord Mortimer grinste breit und Lady Marjorie umarmte ihre beste Freundin.

„Ach, meine liebe Marjorie, ich liebe euer Castle. Es ist so verträumt und romantisch", sagte Lady Fedora.

„Ich kann dir auch einen Graben um Parsley Manor ausheben und Wasser hineinleiten lassen mit einer Zugbrücke zum Eingang. Dann muss aber der alte Ginkgo vor dem Eingang weg", polterte Sir Percival laut und lachte heftig.

Seine Gattin sah ihn strafend an.

„Vergiss es. Mein Baum wird nicht gefällt, nur über meine Leiche, Darling!", rief sie aus.

Die Herrschaften gingen munter plaudernd hinein. Beanstock und Henry folgten, während sich Gonzales auf den Weg in die Küche machte.

Der Teetisch war auf der hinteren Terrasse gedeckt. Ein wundervoller Platz, wenn das Wetter einmal mitspielte.

Man ging durch den hinteren großen Salon, in dem die Besitzer gern den Abend verbrachten, da man einen wunderbaren Blick auf den See und den Wald hatte.

Die Terrasse war von einer steinernen Balustrade umgeben, die aus vielen dicken Barocksäulen bestand. Und auch hier hatte sich Clematis auf den Weg nach oben gemacht und umschlang die Säulen üppig.

Nachdem die Herrschaften versorgt waren, zogen sich die beiden Butler in den Salon zurück. Sie blieben in Sichtweite, damit man auf eventuelle Wünsche der Herrschaften reagieren konnte.

„Wussten Sie, Mr Beanstock, dass im Haushalt Ihrer Majestät Queen Elizabeth ein Page schon manchmal umgekippt ist, weil er mehrere Stunden vor ihrem Salon warten musste auf die Bestellung einer Tasse Tee Ihrer Majestät?", fragte Henry.

„Nun, was ist daran verwunderlich? Man muss längere Wartezeiten in Kauf nehmen, wenn man ein guter Angestellter sein will. Und im Buckingham Palast beginnen die Arbeitszeiten gegen sechs Uhr und enden niemals vor Mitternacht. Das weiß man, wenn man dort arbeitet. Dafür hat man die glorreiche Chance, in dem königlichen Haushalt zu dienen. Woher haben Sie diese Information, wenn ich fragen darf?", wollte Beanstock wissen.

„Der offizielle Clockmaker der Queen ist ein Freund meiner Mutter und besucht sie ab und zu. Er kümmert sich um alle Uhren im Buckingham Palace. Es gibt eine Menge Uhren.

Daher weiß ich auch, dass die Uhren in der Küche

absichtlich fünf Minuten vorgehen, damit man immer pünktlich serviert", berichtete Henry weiter.

Beanstock räusperte sich heftig.

„Das erscheint mir zu viel Information, die der Freund Ihrer Mutter da preisgibt. Etwas indiskret. Sie sollten sich derlei Dinge nicht annehmen, Henry. Nun aber zu ihrem Problem. Wie kann ich behilflich sein?"

Henry ging noch ein Stück in den Raum hinein. Er wollte nicht, dass die Herrschaften auf der Terrasse etwas hören mussten, was nicht gut war. Er wollte erst die Meinung von Mr Beanstock hören.

„Also, es hat sich Folgendes abgespielt. Wir haben vor ein paar Wochen ein neues Küchenmädchen eingestellt. Die Referenzen waren sehr gut. Sie hatte vorher in London bei einer Lady Constanze gearbeitet. Die Dame war die Witwe eines hochdekorierten und in den Ritterstand erhobenen Admirals der Royal Navy. Sie verstarb im vergangenen Jahr und Peggy, so der Name des Mädchens, suchte eine neue Anstellung."

„So weit, so gut", sagte Beanstock.

Henry nickte.

„Sie kennen doch Emmet, den alten Butler Lord Mortimers noch?"

„Natürlich, die Aufgaben waren zum Ende seiner Tätigkeit zu viel für seine Knochen. Was macht denn der alte Emmet? Schön, dass er hier wohnen bleiben durfte. Er war in seinen jüngeren Jahren ein ganz ausgezeichneter Butler", erwiderte Beanstock.

„Nun, er frönt immer noch seiner alten Gewohnheit,

irgendwo im Haus einzuschlafen. Mal im Sessel vor dem Kamin, mal auf dem Sofa im Salon und auch schon mal auf einem Stuhl in der Empfangshalle. Aber Lord Mortimer ist da sehr nachsichtig. Man vergisst dann schon mal, dass er irgendwo sitzt, oder übersieht ihn. Nun kam er vor einigen Tagen zu mir mit einer Beobachtung, die er angeblich gemacht hatte. Ich weiß nicht, spielt ihm sein Alter einen Streich und er hat sich geirrt oder hat er wirklich etwas gehört. Ich bin ratlos."

„Sagen Sie mir doch erst einmal, was er gehört haben will", erklärte Beanstock.

„Emmet war in der Halle, in der Nähe des Telefons eingeschlafen. Es ist ein großer Ohrensessel, da kann man schon mal jemanden übersehen. Er hörte eine Stimme und meinte, es wäre Peggy, die am Telefon mit jemandem sprach. Sie erzählte, wo sich welche Zimmer im Castle befinden, von Schmuck und von einem Treffen an ihrem freien Tag. Mir erscheint das etwas unwahrscheinlich. Emmet meinte noch, sie habe geflüstert und ich weiß ja, er kann nicht mehr so gut hören. Vielleicht hat er nur geträumt."

Beanstock dachte einen Moment nach und ging im Zimmer auf und ab. Das war in der Tat eigenartig.

„Sprechen wir zuerst noch einmal mit Emmet. Wenn er bei der gleichen Aussage bleibt, können wir sicher sein, dass sie der Wahrheit entspricht. Oftmals verstricken sich Zeugen bei einer erneuten Befragung in Widersprüche. Das ist dann ein Zeichen, dass sie gelogen haben", bemerkte Beanstock.

Henry sah ihn mit weit aufgerissenen Augen an. „Das klingt ja kriminell", meinte er vorsichtig und flüsterte dabei.

„Wir werden sehen. Aber zuerst wollen wir prüfen, ob die Herrschaften ohne uns eine Weile auskommen."

Beanstock und rieb sich in Gedanken die Hände. Ein neuer Fall. Im gleichen Moment dachte er an Gonzales. Der Chauffeur saß wahrscheinlich in der Küche und flirtete mit dem Küchenpersonal. Das könnte wieder einmal von Vorteil sein. Gonzales würde natürlich wissend grinsen, wenn Beanstock ihn befragen würde. Das konnte er nicht verhindern.

Auf der Terrasse war alles in Ordnung. Henry servierte frischen Champagner zum High Tea und Beanstock bestückte die Etagere mit neuen winzigen Kuchenstücken. Die beiden Butler meldeten sich bei ihren Arbeitgebern für eine kurze Weile ab und wussten die kleine Gesellschaft gut versorgt.

Dann gingen die beiden Herren auf die Suche nach Emmet. Im Salon war er nicht, auch nicht in seinem Zimmer, in der Halle lag nur der Lieblingshund von Lady Marjorie und schnarchte leise vor sich hin. Blossom war ein Terrier der Rasse Dandie-Dinmont, eigentlich eine sehr lebendige und lebenslustige kleine Hunderasse. Blossom war die Ausnahme. Sie lag gern herum, hasste es auszugehen, vor allem im Regen, und ließ sich kaum aus der Ruhe bringen. Der ideale Wachhund also.

In der großen Galerie war das Dienstmädchen mit dem Abstauben der Gemälde beschäftigt. Hier reihten sich die Vorfahren des Earls of Southcoffelton an den Wänden. Angefangen von einem Ritter Adelbert, dem Betagten, er wurde angeblich hundertundein Jahr alt, dann natürlich der Earl of Ale, über einige Ladys in breiten Kleidern und Reifröcken, bis hin zu einem sehr streng wirkenden Herrn im Frack, der sich gelassen an einem Stuhl festhielt.

Henry fragte das Mädchen nach dem alten Emmet und sie wies mit dem Staubwedel in Richtung Ende der Galerie.

Hinter einem blechernen Herrn in Rüstung lugten Beine hervor.

Sie gingen zu den Beinen und fanden Emmet schnarchend vor. Beanstock räusperte sich hörbar. Aber das half nicht. Henry ruckelte sanft an der Schulter des alten Mannes, der nun die Augen aufschlug.

„Ist schon Mittagszeit? Was gibt es denn heute Feines?", rief er aus.

„Emmet, bitte erzählen Sie Mr Beanstock noch einmal Ihre Beobachtung aus der Halle vor einigen Tagen", erklärte Henry etwas lauter, da er wusste, dass der alte Mann nicht so gut hören konnte.

Emmet erhob sich ächzend und winkte den beiden mitzukommen. Sie gingen, nein man sollte sagen, sie schlichen zurück in die Empfangshalle. Schneller konnte Emmet nicht. Sein Rheuma machte ihm zu schaffen, wie er mehrmals betonte.

Dort endlich angekommen setzte sich Emmet in den großen Ohrensessel nicht weit von dem Tisch, auf dem das Telefon stand. Man konnte ihn vom Telefontisch nicht mehr sehen. Soweit war die Sache also plausibel.

„Das neue Mädchen stand am Telefon und unterhielt sich mit jemandem. Zuerst wollte ich mich erheben und ihr mitteilen, dass es nicht richtig ist, dass sie hier in der Halle telefoniert. Dafür gibt es einen Nebenanschluss in der Küche.

Dann hörte ich aber doch etwas Seltsames und verhielt mich ganz leise. Das kann ich sehr gut, Mr Beanstock."

„Da bin ich ganz sicher, Emmet", erwiderte Beanstock.

„Jedenfalls erzählte das Mädchen von den Räumen im Castle, wo das Arbeitszimmer Lord Mortimers ist, von Schmuck sagte sie etwas und dass sie sich treffen wollen in den nächsten Tagen. Finden Sie das nicht auch seltsam? Man berichtet doch Fremden nicht solche Dinge am Telefon. Ich hatte dann vor, aufzustehen und es ihr zu erklären, aber irgendwie bin ich plötzlich eingeschlafen und als ich aufwachte, war Essenszeit und das Mädchen war fort. Es gab Fasanenknödel, die mag ich so sehr. Kennen Sie dieses Gericht, Mr Beanstock?", fragte Emmet und dabei leckte seine Zunge über seine Lippen in Erinnerung an die Leckerei.

Beanstocks Antennen waren voll ausgefahren. Ein Kriminalfall wartete auf ihn. Er glaubte dem alten Mann.

„Wir gehen in die Küche, Henry, und reden mit dem Mädchen. Hier stimmt etwas nicht."

Also betraten die Herren, Emmet im Schlepptau, der sich einen guten Bissen versprach, nach kurzer Zeit die Küche.

Das war eine typische Schlossküche.

In der Mitte des Raumes, der von zwei großen Fenstern an der Längsseite Licht erhielt, stand ein riesiger langer Holztisch. Hier wurde Teig geknetet, Gemüse geputzt und Fleisch geschnitten. An der hinteren Wand standen zwei Küchenherde mit schwarzen Platten und weißen Türen. Daneben lagen dicke Holzstücke in einem Korb bereit.

An den anderen Wänden erhoben sich dunkle Schränke mit Glastüren, in denen man die verschiedensten Geschirrteile sehen konnte. Meist robustes irdenes Geschirr für den täglichen Gebrauch im Dienstbotenbereich.

Das gute feine Porzellan der Earls of Southcoffelton mit dem Wappen darauf befand sich in einem anderen Raum. Geschützt in Glasvitrinen.

Auf dem Herd brodelte es in einem großen Topf. Dolores, die neue Köchin, rührte bedächtig mit einem Holzlöffel darin. Ab und zu nahm sie eine Prise aus einem Töpfchen, dann wieder eine Prise aus einem anderen Töpfchen und warf es in den Topf. Es duftete nach allen Kräutern Italiens. Am Tisch saß Gonzales und trank fröhlich grinsend einen Kaffee. Sonst war niemand im Raum anwesend.

„Wo befindet sich das neue Küchenmädchen?", fragte Henry die Köchin und handelte sich damit einen sehr bösen Blick ein. Dolores schien erbost zu sein und rührte nun etwas intensiver im Topf.

„La brava Signora?", fragte sie in den Raum, ohne jemanden anzusehen.

Beanstock sah Gonzales fragend an.

„La brava Signora bedeutet die feine Dame. Ich glaube, Peggy ist verschwunden. Sie kam vor ein paar Minuten hereingelaufen, riss ihre Schürze herunter, nahm ihre Tasche aus einer Ecke und rannte wie der Blitz davon", erklärte der Chauffeur.

„Was hat sie angestellt?", wollte nun Dolores wissen und stemmte ihre Fäuste in die Hüften. Den Löffel hatte sie allerdings noch in einer Hand, sodass rote Soße auf den Boden tropfte.

„Wir wollten uns nur mit ihr unterhalten. Wohin ist sie

denn verschwunden?", fragte Henry.

„Das faule Ding ist sowieso nie da, wo es sein sollte. Hat das Gemüse nicht fertig geputzt, die Eier sind nicht gepellt und die Nudeln nicht gekocht. Dafür geht sie alle paar Minuten hinaus, um zu rauchen. In meiner Küche gibt es das natürlich nicht. Ich werde nun wieder alles allein machen müssen. Nun sagen Sie schon, was das dumme Ding getan hat?", fragte Dolores aufgebracht und fuchtelte dabei mit dem Soßenlöffel herum. Die Herren machten einen Schritt rückwärts, um keine rote Soße abzubekommen.

„Emmet hatte ein Telefongespräch gehört, das wohl nicht für ihn bestimmt war. Peggy hat Dinge einem anderen berichtet, die unangebracht waren. Dinge, die das Castle und seine Bewohner betreffen. Ihre Flucht lässt nur eine Schlussfolgerung zu. Sie hat mitbekommen, dass wir über sie gesprochen haben und ist davongelaufen. Laut genug haben wir ja mit Emmet gesprochen. Ein unverzeihlicher Fehler. Aber damit klagt sie sich an. Ich habe eine schlimme Vermutung", erklärte Beanstock den aufmerksamen Zuhörern.

„Sie hat das Anwesen für einen bevorstehenden Einbruch ausgekundschaftet."

Dolores bekam große Augen, Henry schluckte laut und Emmet setzte sich entsetzt auf einen Stuhl.

Gonzales grinste weiterhin.

„Señor Beanstock ist ja jetzt da. Keine Angst. Er löst den Fall."

„Henry, haben Sie das Mädchen über eine Agentur bekommen? Oder hatten Sie eine Anzeige aufgegeben?", wollte Beanstock wissen.

„Wenn Sie mich so fragen, muss ich sagen, ich hatte die Anzeige gerade erst in die Zeitung gesetzt, als am Abend bereits das Telefon klingelte und Peggy sich vorstellte. Ich wollte gern noch etwas warten, ob sich noch andere Kandidaten melden. Aber da stand Peggy vor der Tür und ich hatte von ihren Referenzen einen guten Eindruck."

„Zeigen Sie mir diese Referenzen bitte", verlangte Beanstock.

Sie gingen in Henrys Büro, das sich gleich neben der Küche befand. Aus einem Schrank nahm er einen Aktenordner und blätterte im Inhalt.

„Der Brief ist weg. Ich kann ihn nicht finden. Aber ich habe ihn hier abgeheftet", sagte er atemlos und sah ängstlich Beanstock an.

„Sie hat ihn sich wiedergeholt, damit man ihr nichts nachweisen kann. Sicher war der Brief eine Fälschung oder ebenfalls irgendwo gestohlen. Wie ist der volle Name der jungen Dame?"

„Peggy Smith", sagte Henry.

Beanstock schloss kurz die Augen.

„Peggy Smith, wie einfallsreich. Damit erübrigt sich eine Anfrage bei *Daisy Chain* in London. Sie kennen doch die geheime Dienstbotenverbindung, oder Henry?"

Der Butler des Earls nickte und war etwas blass um die Nase geworden.

„Was tun wir nun, Sir?"

Beanstock dachte kurz nach.

„Wir werden zuerst Ihre Herrschaft verständigen, dann rufen wir die Polizei. Inspector Greenwood wird wissen, was zu tun ist. Allein durch diese Maßnahmen bin ich fast sicher, dass man von einem Einbruch hier im Castle absehen wird. Denn man beobachtet Sie, dessen können wir gewiss sein."

Beanstock war sich noch über eine andere Tatsache sicher. Auch Parsley Manor war sicher in den Focus einer Diebesbande geraten. Hatte diese Geschichte vielleicht sogar etwas mit Dan Dorsey, Herringbone und dieser Londoner Bande zu tun? Das sollte er im Auge behalten.

Der hinzugezogene Inspector ließ Constable Donegal zur Bewachung des Anwesens zurück und versprach, Erkundigungen in London einzuholen. Im Moment hatte Beanstock noch nichts von seinem Verdacht in Bezug auf die Londoner Bande erzählt. Das würde unweigerlich zu einem Verhör von Herringbone führen. Er wollte dem Gärtner diesen neuerlichen Ärger ersparen und auf eigene Faust ermitteln. Und er hatte auch schon eine Ahnung, wo er Informationen bekommen könnte. Das wäre sehr schwierig, aber er war sich sicher, dass er dadurch etwas erfahren würde.

Von Inspector Greenwood hatte er von den Notizbüchern der Mrs Pommerton erfahren. Darin könnten entscheidende Hinweise zu dem verstorbenen Dorsey enthalten sein.

Beanstock seufzte. Er benötigte auf jeden Fall Gonzales' Hilfe. Mrs Pommerton war ein harter Brocken. Ihr war mit Logik nicht beizukommen. Aber in der vergangenen Zeit hatte er des Öfteren beobachtet, wie sich die Miene der alten Dame aufhellte, wenn Gonzales in der Nähe war. Das galt es auszunutzen. Dieser Chauffeur würde ihn natürlich erneut auf die Tatsache aufmerksam machen, dass er unentbehrlich für Beanstock wäre.

8

Ein Hut zu viel

Micky strich mit seinem Kamm wohl zum hundertsten Mal über sein fettiges Haar. Es war so viel Pomade darin, dass sein Haar eigentlich niemals seinen Platz auf dem Kopf verlassen könnte. Aber es war ihm zur Gewohnheit geworden und die eine vorwitzige Strähne rutschte ständig vor seine Augen.

Der Chef sah das nicht gern und hatte ihm bereits mehrere Kämme wütend zerbrochen. Aber Micky, der mit richtigem Namen Michael Krum hieß, zauberte immer wieder einen neuen Kamm aus seiner Jackentasche hervor. Er wollte gut aussehen. Darum trug er nur elegante zweireihige Anzüge und sorgfältig gebügelte Hemden. Seine Lackschuhe glänzten schwarz und seine Krawatte saß perfekt.

Aber Micky hatte noch eine weitere Leidenschaft. Man könnte sagen, dass es über die Jahre eine extreme Fixiertheit geworden war.

Er liebte Hüte.

Nun war das noch kein krankhaft zu nennender Zustand. Hüte sind etwas Schönes. Sie dienen dem Träger nicht nur zum Schutz, sondern schmücken auch ungemein, wirken distinguiert und machen den Mann erst zum Gentleman.

Micky kam im schlimmsten Viertel von Manchester zur Welt.

Seine Eltern lernte er nicht kennen und wuchs in Waisenhäusern auf. Bereits dort brachte er es zu zweifelhaftem Ruhm, da er derjenige war, der nicht fragte, sondern gleich zuschlug. Diese Karriere im Kindesalter verhalf ihm dann später zu seinem Beruf. Erst war er ein wenig erfolgreicher Boxer, der auch schon mal Geld annahm, wenn er verlieren sollte. Danach kam er nach London und traf auf den Whistler. Damit wurde er der beste Eintreiber von Schulden, den der Chef der Bande je gehabt hatte.

In dieser Zeit entwickelte sich auch sein Faible für Hüte. Niemand wusste genau, wie viele Kopfbedeckungen er besaß, aber es mussten sehr viele sein. Die meisten Hüte waren gestohlen, denn bezahlen wollte Micky nicht dafür. Das erschien ihm nicht angebracht. Wenn ein Bestohlener sich noch rührte, nachdem Micky sich mit ihm auf seine Art unterhalten hatte, war kaum jemand bereit, Anzeige zu erstatten. Micky kam davon.

Am Morgen hatte ihm der Whistler einen Auftrag erteilt. Die Gäste aus Manchester wollten zurück in ihre Heimat fahren. Man hatte sich nicht einigen können und die Sache vertagt. Dementsprechend fiel die Verabschiedung kühl aus. Micky fuhr den Wagen vor und brachte die drei Herren zum Zug. Sie sahen nicht sehr zufrieden aus. Der Whistler ließ sich nicht die Butter vom Brot nehmen, das wusste Micky und grinste breit. Der ehemalige Boxer aus Manchester kannte die Männer genau.

Sie hatten ihm vor vielen Jahren übel mitgespielt und

einen Boxkampf, der vorher genau abgesprochen worden war, im Verlauf des Kampfes versaut. Mickey lag mit gebrochenem Kiefer im Krankenhaus und die drei Männer teilten den Gewinn unter sich auf.

Auf Mickys Kopf ruhte, wie an jedem Tag, ein Hut. Heute war es ein grüner Trilby mit einer schmalen Krempe und einer hellgelben Schleife. Sein dunkelgrüner zweireihiger Anzug passte perfekt dazu.

Am Morgen war er kurz wütend geworden, weil die Kellnerin Pam über ihn gelacht hatte. Er würde sich später mit ihr beschäftigen.

Er startete den Wagen und verließ den Pub *Three Chattering Ducks* mit aufheulendem Motor. Die drei Herren aus Manchester schwiegen auf dem Weg zum Bahnhof und Micky würdigte sie keines Blickes. Dort angekommen nahm er das Gepäck aus dem Kofferraum und stellte es den Männern mit einer frechen Miene vor die Füße.

„Hey Micky, alter Freund. Wenn du mal keine Lust mehr hast, den Botenjungen für den Whistler zu spielen, kannst du jederzeit zurück zu uns kommen. Wir haben uns da was Hübsches aufgebaut im guten alten Manchester", sagte einer von ihnen, ein langer Kerl mit einer Hornbrille auf der Nase und einem unverschämten Lächeln im Gesicht.

Micky machte einen Schritt auf den Mann zu.

„Da muss erst die Hölle zufrieren, wenn ich wieder bei dir anfangen soll. Macht euren Dreck allein", sagte Micky, drehte sich um, stieg ins Auto und fuhr davon.

Zurück im Pub wartete Cube bereits auf ihn. Jetzt, wo Paps nicht mehr da war, mussten die beiden alle Arbeiten übernehmen. Das gefiel Micky ganz und gar nicht. Also setzte er sich erst einmal auf einen Stuhl vor den Tresen und ließ sich ein Bier von Pam bringen.

„Da ist ein Paket für dich!", rief ihm Cube auf dem Weg in den Keller zu. Dabei sah er Micky böse an. Wenn der Whistler unterwegs war, so wie heute, musste er alle Arbeit machen. Micky lehnte sich zurück und tat nichts. Aber er wusste genau, dass Cube ihn nicht verraten würde. Alle hatten Angst vor dem Jähzorn Whistlers.

Pam stellte ihm das Bier auf den Tresen und wies auf einen der Tische. Dort stand ein Karton. Er war ziemlich groß. Micky öffnete ihn erwartungsvoll. Der Absender war ihm unbekannt, aber was machte das schon. Er hatte noch niemals so ein großes Paket bekommen.

Im Inneren befand sich ein zweiter Karton. Und das war eine Hutschachtel. Wer schickte ihm einen Hut? Er dachte kurz nach, aber ihm fiel niemand ein.

Cube kam aus dem Keller mit ein paar Flaschen im Arm zurück und sah sich das Paket an.

„Ist vielleicht von deiner alten Flamme aus London, du weißt schon, die niedliche mit den braunen Augen, die so anhänglich war. Die ruft doch ständig hier an und will dich sprechen", spekulierte Cube.

„Cube, alter Kumpel, du bist zwar nicht der hellste Stern am Himmel, aber sicher hast du recht. Sie weiß ja, wie sehr ich Hüte liebe."

Pam war in der Küche verschwunden und man hörte das Klappern von Geschirr.

Es war tatsächlich ein Hut. Ein wunderschöner hellblauer

Herrenhut mit einer breiten Krempe, mit einem stilvollen dunkelblauen Hutband aus feinstem Rips verziert, einer Schleife und zu allem Überfluss einer blauen Feder. Was für eine Schönheit aus einhundert Prozent Wollfilz. Als Micky den Hut staunend drehte, sah man das glänzende Seideninnenfutter.

„Was hast du nur immer mit diesen hässlichen Dingern", bemerkte Cube und fing sich einen bösen Blick ein.

Micky setzte den Hut schwungvoll auf seinen Kopf und drückte ihn zurecht. Etwas war nicht richtig und er setzte den Hut wieder ab.

In der Innenseite sah man eine winzige Nadel aus dem Futter ragen, kaum zu sehen. Durch den Druck des Aufsetzens hatte sie sich nach außen gedrängt. Micky zog sie heraus und setzte den Hut wieder auf. Wahrscheinlich eine vergessene Nadel vom Nähen des Innenfutters.

Micky konnte es kaum erwarten, den Hut in seine Sammlung einzureihen. Da brauchte er natürlich einen passenden Anzug, ging es ihm durch den Kopf. Ihm wurde schwindlig vor Freude. Aber als er dann plötzlich die Umgebung nur noch schemenhaft erkannte, musste er sich setzen.

Micky kippte vom Stuhl im Pub und seine ungläubigen Augen starrten an die Decke. So hauchte der nächste aus Whistlers Bande sein Leben aus.

Als Cube sich über ihn beugte, war es bereits zu spät.

Der Chef würde nicht erfreut sein, war der einzige Gedanke, den Pam äußerte, als Cube sie dazu gerufen hatte.

Doch der Chef regelte die Angelegenheit auf seine Weise und Paps bekam Gesellschaft.

Zuerst hatte er darüber nachgedacht, die Leiche in den nahen Fluss zu werfen, aber das erschien ihm zu gefährlich.

Micky wurde mitsamt seinem neuen Hut begraben und am nächsten Tag planierte wiederum das Brauereifahrzeug alle Spuren weg. Es war ein Hut zu viel für Micky.

Und dieser Hut hatte es in sich gehabt.

Mrs Pommerton und ihre Bücher

Der Auftrag Lady Fedoras, von Mrs Bloom die bestellten Zeichenbögen abzuholen, gab Beanstock die willkommene Gelegenheit, etwas zu recherchieren.

Das bedeutete aber auch, dass Gonzales dabei war. In diesem Fall war das aber für den Butler in Ordnung, da er den Charme des Spaniers ausnutzen wollte.

Die Männer nahmen zu diesem Zweck den etwas unauffälligeren Defender, einen in die Jahre gekommenen Land Rover. Unterwegs brachte Beanstock dem Chauffeur die Rolle nahe, die er zu spielen hatte.

„Señor Beanstock, jetzt bekommen Sie von mir eine Gonzales Regel: *Bei den Damen braucht der Chauffeur keine vorherige Ansprache.* Ich weiß schon, wie ich die Señora herumbekomme", erklärte Gonzales daraufhin dem Butler.

Beanstock fühlte sich etwas unwohl in seiner Haut und schlug sein kleines schwarzes Buch auf, um die Bestellungen des nächsten Tages durchzusehen. Nur um nicht noch mehr mit dem Spanier sprechen zu müssen. Gonzales grinste und summte eine Melodie.

Nach kurzer Zeit hielt der Wagen vor dem Haus der Mrs Pommerton. Wie immer glänzte der Postkasten wie frisch gestrichen.

Die Fenster waren sauber gewienert und der Vorgarten zeigte nicht das kleinste bisschen Unkraut.

Im Garten gegenüber war ein junger Mann bei der Gartenarbeit. Beanstock dachte jedenfalls, es wäre Arbeit im Garten. Aber genau genommen schien der Mann mit einer Steinsäule zu kämpfen.

Gonzales sah ihm vom Zaun aus eine Weile zu.

„Brauchen Sie Hilfe?", fragte er schließlich.

Der junge Mann erhob sich und blickte mit schweißnassem Gesicht zu Gonzales. Dann nickte er vollkommen erschöpft.

Gonzales griff schnell zu, nachdem er durch das Gartentor in den Garten gelaufen war. Dann stand das Ding. Es war tatsächlich eine steinerne Säule, die aber viele kleine Ecken und Kanten aufwies. An einigen Stellen waren kugelförmige Objekte eingearbeitet und schlangenähnliche Formen, die sich um die Mitte herumbewegten.

„Mein Name ist Beanstock. Ich bin der Butler des Baronets von Parsley Manor. Darf ich fragen, was das ist?", fragte Beanstock interessiert.

Der junge Mann richtete sich ächzend auf und rieb seinen schmerzenden Rücken.

„Ich heiße Edgar Wright und wohne hier seit kurzem mit meinem Bruder. Er ist Künstler", sagte er mit einem zweifelnden Blick auf die Steinsäule.

„Das ist eine …" Edgar stockte.

„Tim!", rief er laut zum Haus hin. „Tim, die Herren wollen wissen, was das ist. Kannst du kurz kommen?"

Das Fenster wurde geöffnet und ein Mann erschien am Fenster, den Beanstock niemals für den Bruder von Edgar Wright gehalten hätte, vor allem nicht als Künstler solcher schweren Steinstatuen. Das blasse schmale Gesicht wurde eingerahmt von langem blonden Haar, das wie elektrisiert vom Kopf abstand. Dazu war der Mann schmal und dünn wie ein Halm Stroh. Seine Latzhose, über und über bedeckt mit Farbspritzern, war ihm scheinbar viel zu groß.

Dagegen sein Bruder Edgar. Ein muskulöser Mann mit tiefschwarzem Haar und einem sympathischen Lächeln auf den Lippen. *Wie Brüder so unterschiedlich sein konnten? Seltsam*, dachte Beanstock.

Tims melancholischer Blick fiel auf die Steinsäule.

„Das ist *das Leben*, Mr Beanstock, das reine, schreckliche Leben."

Schon war Tim wieder im Inneren des Hauses verschwunden.

Beanstock verabschiedete sich von Edgar Wright und ging mit Gonzales zum Haus gegenüber. Er musste nicht mehr an der Tür zu Mrs Pommertons Haus klingeln. Als ob sie auf den Besuch gewartet hätte, riss die Dame in diesem Moment die Tür auf.

Gonzales griff sofort ihre Hand, beugte sich galant darüber und hauchte einen Kuss auf den Handrücken.

Die alte Dame kam aus dem Kichern nicht mehr heraus und zierte sich wie eine Jungfrau vor dem ersten Kuss.

„Señora Pommerton, es ist so schön, Sie wiederzusehen.

Dürften wir einen Moment Ihrer kostbaren Zeit verschwenden? Wir haben uns gefragt, ob Sie, mit Ihrer vorausschauenden Art, nicht bei unseren Recherchen helfen könnten", fragte der Chauffeur und Beanstock schien es, als ob ein funkelnder Blitz aus den Augen des Spaniers kam. Ganz entgegen seiner Auffassung von gutem Benehmen verdrehte er kurz die Augen. Diese Handlung verabscheute er eigentlich zutiefst, aber in diesem Moment schien sie passend zu sein. Dieser Gonzales war ein Naturtalent.

Die alte Dame strich ihre geblümte Schürze glatt, straffte stolz ihren Rücken und bat die Herren mit einer ausladenden Geste ins Haus.

„Was kann ich Ihnen anbieten, Mr Gonzales. Vielleicht einen Tee? Oder lieber etwas Hochprozentiges? Meinen selbst hergestellten Eierlikör? Ganz frische Eier vom Bauer Pitsch sind da drin", flötete sie und bekam rosa Wangen.

Beanstock fragte sie nicht, der war irgendwie unwichtig geworden. Der Butler räusperte sich kurz.

Gonzales lächelte charmant.

„Wenn es nur eine Kleinigkeit sein dürfte, Señora?"

Mrs Pommerton zog Gonzales in das Wohnzimmer. Beanstock folgte.

Es roch nach Karbolsäure. Beanstock rümpfte die Nase. Dieses Desinfektionsmittel hatte er seit Langem aus dem Haushalt auf Parsley Manor verbannt. Es war ein unangenehmer Geruch, der für die Baronets nicht tragbar war. Er hatte sogar, mit Blick auf die Zutaten dieses Mittels, den Eindruck, dass es eher giftig war für den Benutzer. Er sah in den Käfig des Wellensittichs, der auf der Fensterbank stand.

Vielleicht schaute das Tier deshalb so verwirrt und krächzte heiser. Federn fehlten auch an einigen Stellen.

Beanstock war nicht wohl bei diesem Anblick.

Er signalisierte Gonzales, den Eierlikör lieber abzulehnen.

Mrs Pommerton war zwar enttäuscht, aber das Lächeln des Spaniers versöhnte sie. Sie bat die Herren, Platz zu nehmen. Das Sofa machte ein quietschendes Geräusch. Das kam von den plastikartigen Schonbezügen.

„Mrs Pommerton, wir würden Sie gern etwas fragen. Es handelt sich um den unlängst verstorbenen Dan Dorsey. Sie sind eine sehr aufmerksame Bürgerin unseres Ortes und deshalb eine gute Informationsquelle. Ich hörte von Inspector Greenwood nur Gutes", begann Beanstock vorsichtig.

Die Sache mit dem Inspector stimmte nicht ganz. Er hatte sich eher dahingehend ausgedrückt, dass die alte Dame herumschnüffelte und spionierte.

Ständig tauchte sie bei Constable Donegal auf und hatte wieder etwas zu berichten, was ihrer Meinung nach nicht in Ordnung wäre. Sie war eine Landplage, hatte der Inspector gesagt.

Nun wandte Mrs Pommerton doch dem Butler ihre Aufmerksamkeit zu. Sie erhob sich und ging zu einem Sekretär in der Zimmerecke. Vom Polieren waren die Ecken des Möbelstücks schon ganz blass. Sie öffnete die unteren Türen und Beanstock konnte einen kurzen Moment eine Reihe von schwarzen Notizbüchern sehen, die sorgfältig eingeordnet waren.

Die Dame zog eines der Bücher heraus und kam zum Sofa zurück.

„Das ist ja nur ein Teil meiner Beobachtungen. Im Obergeschoss habe ich die Bücher der vergangenen Jahre. Ich habe dem Constable schon oft angeboten, behilflich zu sein. Man nimmt meinen Rat sehr gern entgegen", erklärte sie mit Stolz.

„Das steht außer Frage", bemerkte Beanstock.

Gonzales grinste.

Mrs Pommerton öffnete das Buch, das mit eng beschriebenen Seiten gefüllt war. Jede Kleinigkeit, jeder Huster und jede Aktion waren akribisch eingetragen worden.

Beanstocks Finger zuckten. Er würde sich die Notizen lieber selbst ansehen. Aber die Dame begann bereits vorzulesen.

„Dieser Mann war schmutzig. Er räumte niemals auf, er putzte nie seine Fenster und in seinem Vorgarten sah es wie auf einer Müllkippe aus. Hier habe ich eine interessante Eintragung. Diese drei Kinder schlenderten am Haus vorbei und sahen es sich genau an. Dann gingen sie zur Rückseite und ich konnte leider nichts mehr sehen. Am Abend, als Dorsey zurückkam, hörte ich ihn laut fluchen. Ein unangenehmer Mensch, kann ich Ihnen sagen. So …" Sie blätterte weiter.

„Haben Sie die Kinder erkannt, Mrs Pommerton?", fragte Beanstock, hellhörig geworden.

„Natürlich, es waren die Gören von Bauer Pitsch und Ihre Tochter! Wissen Sie denn nicht, wo sie sich herumtreibt?"

Gonzales senkte den Kopf, um nicht laut losprusten zu müssen.

„Das Kind ist mein Mündel, Mrs Pommerton, nicht meine Tochter", erklärte der Butler.

„Wenn Sie es sagen?", bemerkte lächelnd die alte Dame.

„Sie gaben dem Inspector zu Protokoll, dass sich ein fremder Herr bei Dan Dorsey am Tag vor seinem Tod mit lautem Klopfen bemerkbar machte. Stimmt das?"

„Ein unangenehmer Mann. Sehr groß und sehr kräftig. Einen feinen Anzug trug er, das muss man zugeben. Er hatte einen Hut auf dem Kopf wie ein Gentleman. Aber an der Tür hämmerte und brüllte er wie ein Droschkenkutscher herum. Er donnerte seine Faust an die Tür. Dann sagte er, Dorsey solle rauskommen, sein Freund Micky wäre da und wolle ihn sprechen. Er hätte etwas mit ihm abzumachen. Ich habe mich doch gewundert, dass die alte morsche Tür das ausgehalten hat. Dorsey war zuhause. Ich hatte ihn am Fenster gesehen. Auch wenn er die niemals geputzt hat. Das zumindest machen die beiden jungen Männer, die jetzt dort wohnen. Was sie allerdings mit dem neuen Vikar zu tun haben, hat sich mir noch nicht erschlossen. Das bekomme ich noch raus", sagte sie am Ende mehr zu sich selbst.

Der Wellensittich kreischte plötzlich los und Gonzales und Beanstock zuckten erschrocken zusammen.

„Jetzt nicht, Geronimo, du bist noch nicht dran!", brüllte Mrs Pommerton in einem Ton, der Tote aufwecken könnte. Gonzales dachte an ihren Beruf und ihm taten im Nachhinein die Schüler leid, die sie als Lehrerin gehabt hatten.

Bei der Erwähnung des Vikars war Beanstock hellhörig geworden. Aber vielleicht hatte er einfach die neuen Bewohner in der Gemeinde begrüßen wollen. Er hätte zu gern dieses Notizbuch gehabt.

Mrs Pommerton stellte es zurück in die Reihe und griff

nach einem anderen, das oben auf dem Sekretär lag.

„Sehen Sie, nun musste ich schon ein neues Buch anfangen", bemerkte sie.

Beanstock erhob sich und wollte sich verabschieden.

„Wir müssen nun leider gehen. Ich habe noch Aufträge zu erledigen. Vielen Dank für Ihre Hilfe. Ich hoffe, wir haben Sie nicht allzu lange aufgehalten."

Er reichte der Dame die Hand und sie ging voraus in den Flur. Ihre Hand fühlte sich rissig an. Das kam sicher von der Karbolsäure.

Gonzales erneuerte seinen Handkuss und die Dame bekam neue rosa Flecken im Gesicht.

Nachdem die beiden gegangen waren, setzte sie sich wohlig seufzend in ihren Sessel am Fenster. In Reichweite stand ein Fernglas, das schon ganz abgenutzt war vom vielen Gebrauch.

Unter dem kleinen Beistelltisch neben ihrem Sessel holte sie eine Flasche mit gelblichem Inhalt und ein Glas hervor und schenkte sich einen ordentlichen Schluck von ihrem selbst gemachten Eierlikör ein. Dann griff sie zu dem neuen Notizbuch und einem Stift, leckte die Spitze des Bleistifts an und schrieb auf die allererste Seite: *Mr Gonzales war hier bei mir im Haus. Was für ein Gentleman. So aufmerksam einer Dame gegenüber. Der komische Butler war auch dabei, hat seine Tochter nicht im Griff, was will man von dem schon erwarten?*

Gonzales fuhr zurück nach Parsley Manor, nachdem sie das Papier für Lady Fedora von Mrs Bloom abgeholt hatten.

Beanstock schwieg. Er dachte über den Vikar nach.

Gonzales kramte in seiner Innentasche der Jacke und legte dann dem Butler etwas auf den Schoß.

„Wie, wann, was haben Sie getan?", rief der Butler und war sprachlos, was nicht oft vorkam.

„Als Sie auf dem Weg zum Flur waren. Ich habe sofort gesehen, dass Sie nichts lieber täten, als in dem Notizbuch dieser Klatschtante zu schmökern. Sie wird es nicht bemerken. Sie fängt ja ein neues Buch an. Gern geschehen."

Parsley Manor kam in Sicht.

„Ach, und Señor Beanstock, lassen Sie doch Luci ihre kleinen Geheimnisse. Por favor."

Am Abend in seinem Zimmer vertiefte sich Beanstock in die Lektüre des Notizbuches. Neben vielen nebensächlichen Kleinigkeiten über die Apothekersfrau oder die Klage wegen eines lärmenden Kindes und das unaufhörliche Bellen eines Hundes, fanden sich dort auch einige sehr interessante Beiträge.

So berichtete Mrs Pommerton, dass der junge Vikar mehr als einmal im Haus der Brüder gewesen war und es hatte vor einigen Tagen einen heftigen Streit gegeben. In dessen Folge war der Vikar wütend davongegangen. Aber leider hatte die Dame nicht gehört, um was es sich gehandelt hatte.

Dann fand er den etwas länger zurückliegenden Eintrag über Dan Dorsey. So wie der Mann beschrieben wurde, der an die Tür hämmerte, war sich Beanstock sicher, dass es sich hier um einen Kriminellen handelte. Die Worte des Gärtners kamen ihm in den Sinn. Die Bande, die in London ihr Unwesen getrieben und Dorsey erpresst hatte.

Mrs Pommerton hatte deutlich den Namen Micky gehört. So hieß der Schlägertyp mit dem Anzug eines Gentlemans.

Er musste mit Herringbone sprechen. Irgendetwas ging hier vor. Auch der Vorfall im Southcoffelton Castle kam ihm in den Sinn. Das konnte alles zusammenhängen. Aber bevor er mit Inspector Greenwood reden konnte, brauchte er noch mehr Beweise.

Beanstock sah auf seine Uhr. Es war bereits weit nach Mitternacht. Das Gespräch mit dem Gärtner musste bis morgen warten.

Dann fiel ihm plötzlich ein, wie Mrs Porkpie von dem Besuch bei ihrer Freundin in Pilpots erzählt hatte und dem neuen Besitzer des Pubs.

Pilpots!

Beanstock schloss kurz die Augen und seufzte.

„Nicht schon wieder. Das *Three Chattering Ducks*.“

Ein ängstlicher Gauner

So weit war es mit ihm gekommen. Der Whistler stand am Fenster seines Schlafzimmers in der ersten Etage des Pubs und blickte ängstlich in Richtung Fluss. Angst hatte er nie gekannt. Andere hatten vor ihm Angst. So war es richtig.

Irgendjemand spielte ihm hier üble Streiche. Der Sturz von Paps konnte ein Unfall gewesen sein. Oft genug hatte er ihn erwischt, wie er seinen besten Whisky kippte. Aber Micky? Dieser Schrank von einem Mann?

Am Nachmittag hatte er seine Tochter, die sich Peggy Smith nannte, zurück nach London in das Haus seiner Frau gebracht. Er lebte getrennt von ihr, aber seine Tochter kam ganz nach ihm und er war stolz darauf. Vielleicht würde sie eines Tages das Geschäft von ihm übernehmen. Den nötigen Biss hatte sie, zum Ärger seiner geschiedenen Frau. Aber im Moment konnte er das Mädchen hier nicht brauchen. Ihr Spionagejob war aufgeflogen. Er musste sich etwas anderes ausdenken. Auch der Pakt mit der Bande aus Manchester lief nicht gut. Man hatte sich nicht einigen können. Die Herren hatten für ihre Mitarbeit viel zu viel verlangt. Schließlich hatte der Whistler einen Namen in der Branche. Es lief zwar nicht mehr alles so glatt wie vor dem Krieg, aber er würde das wieder hinbekommen. In den nächsten Tagen erwartete er Leute aus Glasgow.

Es gab die Society noch. Durch den Tod seiner beiden Leute war die Organisation erneut geschwächt worden. Er hatte Ersatz aus London angefordert. Allein mit Cube konnte das nicht klappen. Die Kellnerin Pam war nur das Alibi für den Pub. Cube war manchmal wie ein Kind, dumm und einfältig. Zumindest konnte er Bierfässer schleppen.

Der Einbruch in das Castle dieses Earls lag erst einmal auf Eis. Da trieb sich nun dauernd die Polizei herum. Was hatte seine Tochter gemeint? Da war dieser Schnüffelbutler gekommen und hatte herausbekommen, dass etwas nicht stimmte. Als sie dann so schnell verschwand, war die Sache natürlich aufgeflogen.

Aber er hatte schon wieder ein neues Objekt im Focus. Es gab doch dieses angenehm reich wirkende Paar aus Barderston. Die hatten sich da ein Haus in die Landschaft gestellt, das nach sehr viel Geld aussah. Dort wollte er in den nächsten Wochen ansetzen. Dann war da noch die Planung für die nächstgrößere Stadt. In Gravesfort gab es einen Golfclub mit vielen netten reichen Männern. Die hatten sicher nichts gegen eine hübsche Dame an ihrer Seite. In dieser Kleinstadt würde er ein neues Gewerbe aufbauen. Damen hatte er genug unter Vertrag. Nach einem passenden Objekt hatte er sich bereits umgesehen.

Er rieb sich die Hände. Aber dann kamen seine Zweifel zurück. Wer hatte es hier auf seine Leute abgesehen?

Wollte man ihm schaden?

Hatte man es gar auf ihn selbst abgesehen und wollte

ihn aus dem Geschäft drängen, bevor es aufgebaut war? Deshalb brauchte er einen neuen Micky.

Ein Brief und noch mehr Rätsel

Am nächsten Morgen wartete Beanstock, bis alle ihre Aufgaben für den Tag bekommen hatten.

Der Gärtner erhob sich und ging zurück in das Gewächshaus. Mortecai wartete auf sein Frühstück und die Rosen brauchten Zuwendung. Bald fand der Parsley Field Blumencup statt. In diesem Jahr wurde er früher veranstaltet. Da mussten alle seine Schützlinge glänzen.

Beanstock frühstückte wie an jedem Morgen etwas Porridge mit einem aufgeschnittenen Apfel und einer Tasse Tee, Earl Grey, ein halber Löffel Zucker, zwei Löffel Milch. Früh in seinem Zimmer bevorzugte er stets Darjeeling.

Luci war auf dem Weg in die Schule. Seit einiger Zeit durfte sie allein gehen. Auf ihrem Weg traf sie Bronté Pitsch und die beiden Mädchen gingen dann gemeinsam. Das beruhigte Beanstock. Mrs Argyle lächelte, wenn sie sah, wie aufmerksam sich der Butler jeden Morgen von dem Kind verabschiedete, abfragte, ob sie alles dabeihatte, und ihr das Frühstückspaket in den Ranzen steckte.

Beanstock sah in seine Notizen. Dann blickte er zu dem Chauffeur, der sich noch mit Lizzy, dem Hausmädchen, unterhielt.

„Mr Gonzales, kann ich Sie bitte in meinem Büro sprechen? Es dauert nur einen Moment."

Gonzales sah ihn fragend an. *Was habe ich schon wieder angestellt? Ich bin mir keiner Schuld bewusst. Dieser Butler sollte wirklich etwas lockerer werden. Dios mío.*

In dem Büro schloss der Butler sorgfältig die Tür hinter Gonzales.

„Ich möchte Sie um etwas bitten. Würde es Ihnen etwas ausmachen, heute Abend den Pub im Nachbarort aufzusuchen? Sie wissen schon, wir beide waren einmal zusammen dort. Ich würde Sie nicht bitten, wenn ich es angebracht fände, selbst die Informationen einzuholen. Aber ich befürchte, ich bin nicht der richtige Typ, um dort etwas herauszubekommen, während Sie …"

Gonzales unterbrach den Butler.

„Señor Beanstock, sagen Sie doch einfach, auf was ich genau achten soll. Machen Sie sich keine Sorgen. Sie wissen doch, ich bin Ihr Mann, wenn es um einen Kriminalfall geht. Haben wir nicht perfekt zusammengearbeitet auf dem Schiff?"

Beanstock räusperte sich.

„Fahren Sie heute Abend in das *Three Chattering Ducks* und versuchen Sie, etwas über den neuen Besitzer herauszubekommen. Mrs Porkpie hat ihn ganz gut beschrieben. Erinnern Sie sich? Sie meinte, es wäre ein älterer Mann, klein und mager, mit einem seltsamen Blick. Er hat wohl eine Glatze. Man nannte ihn dort Paps. Den Begleiter beschrieb sie als unangenehm und brutal aussehend. Er war zwar sehr gut gekleidet, aber ein Boxertyp. Wenn ich mich nicht ganz täuschen sollte, ist das Micky. Der Mann, den Mrs Pommerton vor dem Haus des verstorbenen Dorsey gesehen hatte. Er passt zu den Notizen in ihrem Buch. Ich möchte auch, dass Sie sich nach einer jungen Frau umsehen. Sie haben das Küchenmädchen in Southcoffelton doch gesehen. Ich vermute, sie gehört zu diesen Leuten."

Gonzales rieb sich die Hände.

„Ich werde mich bemühen."

„Kann Ihr Wagen inzwischen eine Fahrt verkraften?"

Gonzales sah den Butler mit geweiteten Augen an.

„Der alte Ford schnurrt wie Mortecai nach einem guten Heringshappen. Was denken Sie denn? Ich bin ein sehr guter Monteur. Dios mío!"

Beanstock hob beschwichtigend die Hand.

„Es war nur eine Frage. Das sollte keine Kritik an Ihren Fähigkeiten als Automechaniker sein. Ich halte Sie für einen sehr guten Chauffeur und Spezialisten, wenn es um die fahrenden Untersätze dieses Landes geht. Also nehmen Sie bitte den Ford. Ich werde auch nicht sagen, dass dieser Wagen unauffälliger als der Defender oder Bentley ist. Es ist ein angemessener fahrender Untersatz. Ich gratuliere."

Gonzales setzte bereits wieder sein Lächeln auf. Das war eine lange Ansprache für den Butler.

„Ich gebe Ihnen noch etwas Geld. Ich muss Sie wirklich um Vorsicht bitten. Das sind skrupellose Leute. Seltsam", sagte der Butler und sah in eine ferne Vergangenheit.

„Was ist seltsam, Señor?"

„Nun, ich finde es seltsam, dass wir schon wieder in diesem Pub nachforschen. Dieser Grabräuber hat dort auch gewohnt. Die Wirtsleute waren eigenartige Leute.

Der ganze Pub ist seltsam.

Er erscheint mir fast wie in früheren Jahrhunderten die Räuberwirtshäuser. Dort versteckten sich die Banden, um dann arme Reisende auszunehmen und auf dem Lande Kutschen zu überfallen."

Beanstock öffnete die Kassette auf dem Sekretär. Er nahm ein paar Scheine heraus und gab sie dem Chauffeur.

Gonzales zwinkerte dem Butler zu, was Beanstock wiederum ein sehr lautes Räuspern wert war. Aber er enthielt sich eines Kommentars. Beanstock sollte den Chauffeur langsam als einen Sonderfall mit besonderen Befugnissen einordnen. Eine neue Regel wäre fällig. Damit könnte er sich sicher arrangieren.

Beanstock war auf dem Weg in das Gewächshaus. Vielleicht konnte Herringbone doch noch etwas Licht in das Dunkel dieser Geschichte bringen. Als er die Tür zu dem großen Glashaus öffnete, fegte Mortecai wie ein Blitz an ihm vorbei und verschwand im nächsten Busch.

„Es war nicht meine Absicht, das Tier zu erschrecken, Mr Herringbone."

„Das ist sicher nicht Ihre Schuld. Wer weiß, welche Geschäfte der Kater zu erledigen hat. Was kann ich für Sie tun? Die Töpfe mit den Rosen für die Ausstellung sind noch nicht fertig. Da gibt es noch einiges vorzubereiten. Der Blumencup ist erst in der nächsten Woche. Lady Fedora konnte sich endlich durchsetzen, dass der Blumencup nicht erst im Spätsommer, sondern etwas früher stattfindet. Das gefällt mir auch besser. Da stehen unserer Rosen gut da. Im letzten Jahr war es viel zu trocken. Die Rosen waren unglücklich."

„Die Rosen waren unglücklich? Nun gut, wie Sie meinen, Herringbone. Lady Fedora wird Ihre Vorbereitungen wie immer sehr schätzen. Ich komme in einer anderen Angelegenheit. Es geht noch einmal um das Haus von Mr Dorsey. Ich habe da einige Informationen erhalten. Vielleicht fällt Ihnen doch noch etwas ein. Sicher haben Sie von den Vorkommnissen im Southcoffelton Castle gehört. Das ist sehr beunruhigend."

Der Gärtner legte die Blumenschere zur Seite und zog seine Handschuhe aus. Dann hielt er einen kurzen Moment inne, um sich zu sammeln. Es fiel ihm offensichtlich sehr schwer, über seine Vergangenheit zu reden.

„Begleiten Sie mich bitte in mein Zimmer. Ich möchte Ihnen etwas zeigen", sagte er sehr leise.

Beanstock war beunruhigt und hatte keine Ahnung, was auf ihn zukommen könnte.

Der Gärtner zog seine Gartenschuhe aus, bevor er seine Wohnung betrat, was dem Butler sehr gefiel.

Im Zimmer war es hell und aufgeräumt. Ein großes sauber geputztes Fenster ging zum Garten. An den Seiten waren Vorhänge angebracht. Im Fenster standen Töpfe mit verschiedenen Pflanzen in verschiedenen Phasen des Wachstums. Der Gärtner nutzte das Fenster zu Anzuchtszwecken.

An der hinteren Wand des quadratischen Raumes gab es zwei Türen. Hinter der einen war ein kleines Bad und hinter der anderen der Schlafraum. In der Mitte, mit Blick zum Garten, standen ein gemütlicher Sessel und ein runder Tisch.

Darauf stand eine Vase mit bunten Sommerblumen. In einer Zimmerecke hatte der Gärtner einen Kohlenherd, der im Winter auch zum Heizen genutzt werden konnte. Auf einem Regal entdeckte Beanstock eine Teekanne und Tassen, sauber auf einem Handtuch abgestellt. Die Wände waren übersät mit Bildern verschiedener Größen. Auf vielen Fotografien sah man ein Ehepaar, das sich glücklich lächelnd mit einem kleinen Jungen unterhielt. Beanstock vermutete die Eltern des Gärtners auf den Fotos.

Ein paar Aufnahmen zeigten ein wunderschönes Anwesen in einem Park. Der Butler zeigte darauf und sah Herringbone fragend an.

„Das ist der Landsitz Stowe House in Buckinghamshire. Dort habe ich meine Lehre absolviert", sagte der Gärtner und bekam glänzende Augen.

„Was wollten Sie mir zeigen, Mr Herringbone?", fragte Beanstock nach einiger Zeit der Stille.

Herringbone ging nach nebenan und kam mit einem Karton zurück. Er stellte ihn auf dem Boden ab, öffnete ihn und kramte darin herum. Neugierig beugte sich der Butler vor, um hineinzusehen. Es waren hauptsächlich Papiere darin und ein paar Nippsachen, sehr bunt und sehr hässlich. Deshalb fristeten die armen Dinger wohl ihr Leben in diesem dunklen Karton. Der Gärtner erschien ihm nicht der Typ für Nippes zu sein.

„Das sind die Dinge aus Dans Haus, die man mir gebracht hat. Ein ganzes Leben in einem Karton."

Dann hatte der Gärtner gefunden, wonach er gesucht hatte. Er reichte Beanstock einen dicken Briefumschlag. Er sah alt aus und war vergilbt.

Durch mehrmaliges Öffnen und Schließen war das Papier zerschlissen. Die Adresse lautete auf den Namen des Gärtners in Parsley Field.

„Dan muss diesen Brief jahrelang herumgeschleppt haben. Er hat sich nicht getraut, ihn abzuschicken, da er wusste, ich will mit ihm nichts mehr zu tun haben. Aber die Last, die auf seiner Seele lag, hatte ihn wohl dazu getrieben, alles aufzuschreiben, was ihm widerfahren ist. Es sind schlimme Sachen, die er darin beschreibt. Ich überlasse es Ihnen, etwas daraus zu erkennen. Vielleicht hilft es, diese Verbrecher endlich dingfest zu machen."

Beanstock nahm den Brief und nickte dem Gärtner verstehend zu. Dann wollte er gehen. Er hatte das Gefühl, noch etwas sagen zu müssen und wandte sich ihm noch einmal zu.

„Mr Herringbone, Sie sind ein guter Mensch. Ich bin sicher, Sie haben sich nichts zuschulden kommen lassen. Versuchen Sie diese eine Dummheit, die Sie begangen haben, Ihrer Jugend zuzuschreiben. Aber vor allem wollten Sie einem Freund helfen und darum ist es letztendlich eine gute Tat. Dan Dorsey hat am Ende seines Lebens erkannt, dass er gravierende Fehler begangen hat und ich bin sicher, er wollte sich mit Ihnen versöhnen."

Herringbone nahm ein Taschentuch aus seiner Hosentasche. Beanstock bemerkte mit Wohlgefallen, dass er ein sauberes Tuch dabeihatte. Der Gärtner wischte über seine Augen. Vielleicht war das endlich der Punkt, an dem er mit dieser Geschichte ins Reine gekommen war.

„Vielen Dank, Mr Beanstock, ich weiß das zu schätzen."

Beanstock legte seine Hand auf die Schulter des Gärtners.

„Ich möchte Ihnen noch etwas sagen. Sie haben es hier sehr ordentlich und gemütlich. Es erfreut mein Butlerherz."

Der Gärtner musste schmunzeln und wischte sich erneut über die Augen. Dann gingen die beiden Männer zurück in das Glashaus. Herringbone zog seine Gartenschuhe an. Der Butler machte sich auf den Weg zum Haus.

Und Mortecai?

Der graue Kater saß auf der Mauer zum Küchengarten, beobachtete die hintere Tür zum Heiligtum der Köchin Mrs Porkpie und wartete auf eine Gelegenheit. Im Haus war es lustig und es duftete so gut nach Fisch und Käse und Wurst. Ein Kater konnte warten.

Mortecai sah den Butler aus dem Gewächshaus kommen. Verdammt! Die Zeit hatte nicht gereicht.

Mein lieber William,
ich weiß schon, was du jetzt sagst. Dan soll mich zufriedenlassen. Ich kann dich gut verstehen. Ich habe so viel Unsinn in meinem Leben angestellt, das reicht für zwei Leben. Meine Mutter hat immer gesagt, Danny, du wirst es nicht weit bringen, du kommst nur bis zur Caledonian Road. Du weißt ja, da ist das alte Pentonville Gefängnis. Sie hatte keine gute Meinung von ihrem ältesten Sohn.
Aber ich will dir eine andere Geschichte erzählen. Ich muss es einfach irgendjemandem sagen. Vielleicht verstehst du das nicht. Ich werde auf meine alten Tage seltsam weich.
Ich hatte in London meine Seele an die Society verkauft. Ich

bekam meine Tätowierung, die Billardkugel mit der Acht, und meinen ersten Auftrag.

Ich sollte Selfridge auskundschaften.

So dumm kann man sein, mein Freund. Du wärst niemals auf so etwas hereingefallen.

Ich hatte so viele Spielschulden bei dem Whistler, dass ich keinen Ausweg mehr sah, als beizutreten. Sie hatten mir mehr als einmal gedroht.

Du hast mir damals geholfen und das bereue ich. Ich habe dich mit hineingezogen und kann das niemals wieder gut machen.

Hoffentlich sind wir in Parsley Field sicher.

Die Geschichte, die ich zu erzählen habe, ereignete sich kurz vor dem Einbruch bei Selfridge. Ich war an jenem Abend im Pub. Paps war da und Cube, dieser dumme Riese. Später am Abend kam dann Micky dazu.

Es ging etwas vor, das merkte ich.

Der Whistler hatte diese Kindertruppe unter Vertrag. Das hört sich professionell an, aber er hielt diese armen Kinder wie Sklaven in seinem Keller.

Spät in der Nacht kam Micky mit den Kindern zurück. Sie sahen bedrückt aus.

Damals war ein Mädchen in der Gruppe. Ein dürres kleines Ding mit so kurzem Haar, dass man die Kopfhaut sehen konnte. Aber schlau war sie, darum leitete sie die Truppe.

An jenem Abend war es anders. Etwas lag in der Luft, wie ein beißender Geruch nach Angst. Die Kinder duckten sich hinter dem Mädchen.

Als der Whistler kam, brachte man die Jungen in den Keller und das Mädchen zum Chef.

Ich habe das Kind nie wiedergesehen.

Ich möchte lieber nicht darüber nachdenken, was der Chef mit ihr gemacht hat.

Es musste etwas schiefgegangen sein.

Noch Wochen danach hörte ich das Weinen der Kinder aus dem Keller. Auch diese Last trage ich herum. Hätte ich den Kindern helfen müssen? Ich war feige. Du hättest es getan. Egal was es gekostet hätte, du hättest den Kindern geholfen.

Manchmal denke ich, wir hatten Glück, dass der Krieg ausbrach. Natürlich war das schlimm. Aber ich kam davon und du auch und die Kinder vielleicht auch.

Ich ließ mir die Tätowierung herausschneiden. Die Schmerzen waren schlimm.

Ich kann sie immer noch spüren, William. Die Kugel mit der Acht ist immer noch da. Sie hängt an mir wie ein dickes Stück klebriges Harz.

Ich trage die Schuld mit mir jeden Tag, der kommt. Wie vielen Menschen habe ich übel mitgespielt?

Ich kann die Schuld nicht abtragen. Sie wird mich bis zu meinem Tod begleiten.

Es tut mir leid.

Dan

Beanstock legte den Brief zur Seite. Er saß in dem gemütlichen Sessel in seinem Zimmer in der Dienstbotenetage und sah aus dem offenen Fenster.

Welche Qualen hatte dieser Mann ertragen? Er war schuldig, aber er war auch ein gequälter Mensch. Das würde seine Alkoholsucht erklären. Er musste Inspector Greenwood nach dieser Tätowierung befragen. Das würde schwer sein, da Dan Dorsey ohne Obduktion beerdigt worden war. Aber vielleicht wusste der Inspector etwas über diese Bande aus London. Es musste doch etwas darüber geben, wenn sie schon so lange ihr Unwesen trieb.

Vor allem die Kinder waren interessant. Was war aus ihnen geworden?

Wie aus dem Nichts erschien vor Beanstock das Gesicht des Künstlers, der jetzt in Dans Haus lebte. Diese Plastik im Garten, wie traurig dieser junge Mann sie angesehen hatte und auf seine Frage gesagt hatte, *das ist das Leben, Mr Beanstock, das schreckliche Leben.*

Wie alt war der junge Mann? Beanstock nahm an, etwa zwanzig, vielleicht fünfundzwanzig. Dann wäre er in den 30er Jahren ein Kind gewesen. Sein Bruder, wenn es denn sein Bruder war, wäre dann in ähnlichem Alter. Aber wie passte der zurückhaltende, leicht stotternde Vikar in das Bild? Mrs Pommerton hatte einen Streit gehört. Das könnte alles bedeuten. Sogar eine religiöse Meinungsverschiedenheit war im Bereich des Möglichen. Sah Beanstock Gespenster? Sah er vielleicht hinter jeder Ecke einen Kriminellen? Warum sollte die Kinderbande von damals ausgerechnet jetzt hier auftauchen? Das war Unsinn.

Beanstock steckte den Brief zurück in das zerschlissene Kuvert und legte ihn in die Schublade seiner Kommode.

Es war Zeit, schlafen zu gehen.

Als er vor einer Stunde nach Gonzales gesehen hatte, hatte er feststellen müssen, dass der alte Ford noch nicht zurück an seinem Platz stand. Ohne es zu wollen, machte er sich Sorgen.

Aber er wusste auch, dass der Chauffeur ein findiger Mensch war. Er würde auf sich aufpassen.

Morgen war auch noch ein Tag. In den nächsten Tagen musste der Parsley Field Blumencup vorbereitet werden. Lady Fedora zählte auf seine Mitarbeit. Zuerst war er den Herrschaften verpflichtet.

Regel vier. An erster Stelle stehen die Sicherheit Lady Fedoras und Sir Percivals.

⑧

Three Chattering Ducks

Gonzales erkannte den alten Pub fast nicht wieder. Die Fassade sah sauber aus. Über dem Eingang hing ein neues Schild mit dem Namen und die Fenster waren geputzt.

Er parkte den alten Ford, den er vor einigen Wochen feuerrot lackiert hatte. Das hatte zu einer Diskussion mit Beanstock geführt, da es auf dem Hof tagelang nach Lack gerochen hatte. Sir Percival war zufällig dazugekommen und hatte dem Butler den Wind aus den Segeln genommen. So hatte es Gonzales danach ausgedrückt, als er die Geschichte dem neuen Hausmädchen Lizzy erzählt hatte.

Sir Percival hatte gesagt, dass der Wagen wunderschön aussah mit diesem Feuerrot und dass es zu Gonzales passen würde wie der Sombrero auf den Kopf eines mexikanischen Mariachimusikers. Da könne man über eine kleine Geruchsbelästigung hinwegsehen. Der Baronet hatte seinem Chauffeur auf die Schulter geschlagen und so laut gelacht, dass die Werkzeuge an der Wand geklirrt hatten.

Dann hatte Gonzales die hübsche Lizzy zu einer Probefahrt über Land eingeladen, was diese wiederum mit ihrem glockenhellen Lachen dankend abgelehnt hatte. Gonzales verstand diese Señorita nicht. Er machte sich tatsächlich Sorgen, ob er seinen altbewährten spanischen Charme verloren haben könnte. Die kleine süße Bernice hätte nicht abgelehnt. Aber das arme Mädchen lag auf dem Friedhof von Parsley Manor. Gonzales war damals sehr erschüttert über ihren Tod gewesen. Ein feiger Mord war es, aber er hatte zusammen mit dem Butler den Verbrecher zur Strecke gebracht.

Ein gutes Team sind wir, dachte er und grinste.

Er hatte seine Uniform zuhause gelassen. Hier musste er unauffällig auftreten, obwohl ein Spanier in einem winzigen englischen Ort wahrscheinlich wie ein bunter Hund auffallen würde. Gonzales ließ es drauf ankommen.

Er betrat die Gaststube und sah sich kurz um. Der alte Tresen stand noch an der gleichen Stelle. Nun war er aber sauber und das dunkle Holz glänzte im Licht der Lampen. Über dem Tresen hingen verschiedene Flaschen mit dem Hals nach unten. Dahinter stand ein neues Holzregal mit vielen verschiedenen Gläsern und Tassen. Der Zapfhahn für das Bier glitzerte in der Abendsonne, die nun ungehindert durch die sauberen Fenster leuchtete.

Im vorderen Teil standen runde Tische und an der Fensterseite hatte man Nischen gebaut, die dem Ganzen eine gemütliche Atmosphäre verliehen. Im hinteren Teil hatte man eine neue Tür zum Kaminzimmer eingesetzt, die verschlossen war. Als Gonzales damals hier war, sah das noch anders aus. Auch die Treppe zum Obergeschoss war erneuert worden. Eine Kette vor der ersten Stufe erklärte aber, dass hier niemand Zutritt hatte.

Es war noch nicht allzu viel los im Pub. Ein paar Leute,

Gonzales vermutete Dorfbewohner aus Pilpots, saßen an einem Tisch und unterhielten sich bei einer Runde Ale.

Als er den Pub betrat, war es kurz still geworden. Aber als ihn niemand erkannte, diskutierten die Männer weiter.

Er ging zum Tresen und sah sich nach der Bedienung um.

Hoffentlich war es nicht das Küchenmädchen aus Southcoffelton. Sie würde ihn erkennen und wahrscheinlich die Flucht ergreifen. Dann könnte er auch sofort gehen. Dann war alles gelaufen.

Aber die junge Frau, die nun mit drei Tellern voll duftendem Eintopf aus der Küche erschien, war nicht dieses Mädchen. Ihr rotes Haar leuchtete wie rotglühende Lava in einem Vulkan. Sie war nicht sehr groß, hatte ein hübsches Gesicht mit ein paar niedlichen Sommersprossen auf der Nase und trug einen langen dunkelgrünen Rock und eine weiße Spitzenbluse. Als sie den Spanier sah, lächelte sie ihm zu.

„Einen Moment, ich bin sofort für Sie da!", rief sie ihm zu und balancierte gekonnt die Teller zwischen den Tischen. Sie stellte die Teller ab und wünschte den Leuten am Tisch guten Appetit.

Dann lief sie hinter den Tresen, griff sich ein Tuch und wischte ihn kurz ab.

„Was darf es denn sein? Ich habe Sie hier noch nie gesehen? Sind Sie auf der Durchreise?"

Gonzales sah ihr tief in die Augen und setzte seinen wunderbarsten Verführerblick auf. Aber das junge Mädchen konnte das auch. Sie sah ihn provozierend an und grinste.

Der Chauffeur war leicht verwirrt, fing sich aber wieder.

„Ich komme aus London und hatte gedacht, bei Ihnen

übernachten zu können."

„Das tut mir leid. Zimmer vermieten wir nicht. Aber der Whisky ist empfehlenswert. Was meinen Sie?"

Da hatte sie gekonnt das Thema gewechselt. Gonzales machte ein trauriges Gesicht.

„Mein Name ist Enrico. Wie heißen Sie, meine Schöne?"

„Nennen Sie mich Pam. Also, was soll es denn sein?"

Da war wohl nicht viel herauszuholen. Gonzales bestellte ein Porter, bezahlte und setzte sich erst einmal in eine der Nischen in der Nähe des Kaminzimmers. Von dort hatte er eine gute Sicht auf alles, was im Raum vor sich ging.

Er sah der Kellnerin gern zu. Sie bewegte sich wie eine Tänzerin durch den Raum. Ihre rote Lockenpracht wippte dazu im Takt. Als er schon eine ganze Weile vor seinem Bier gesessen hatte, fragte sich Gonzales, ob es niemanden außer der Kellnerin im Pub gab. Sie managte den gesamten Publikumsverkehr.

Inzwischen füllte sich der Pub. Fast alle Tische waren besetzt und das Stimmengewirr nahm ungeahnte Formen an.

Dann trat durch die Hintertür ein Mann, der tatsächlich so groß wie breit war. Er trug eine Latzhose und schleppte ganz allein ein großes Fass. Dieser Riese grinste das Mädchen hinter dem Tresen an und ging dann an ihm vorbei zur Kellertür.

„Cube, du musst das schwere Fass nicht runterbringen. Wir werden es sowieso bald brauchen. Lass es einfach hier stehen und kümmere dich bitte um den Kamin. Der Chef meinte, er zieht schon wieder nicht", sagte Pam und polierte dabei weiter Gläser auf Hochglanz.

Der Riese namens Cube, ein sehr passender Name, fand Gonzales, nickte und stellte das Fass ab.

„Alles klar, Miss Pam", sagte er zu der jungen Frau, die leicht lächelte.

„Pam reicht, Großer", antwortete sie und man hörte heraus, dass sie den Riesen mochte.

Gonzales führte sein Glas zum Mund und versuchte, seine Neugier dahinter zu verstecken. Seine Augen folgten Cube durch den Raum. Als der Mann die Tür zum Kaminzimmer öffnete, konnte er einen kurzen Blick hineinwerfen. Dort saßen an einem runden Tisch vier Männer. Alle hatten feine Anzüge an, rauchten teure Zigarillos, wie Gonzales erkannte, und unterhielten sich leider sehr leise. Auf dem Tisch stand eine gute Flasche vom besten Whisky. Einer der Männer sagte etwas zu Cube, das die drei anderen zum Lachen brachte. Als Gonzales einen Blick zu der Kellnerin warf, sah er mit Erstaunen ihren zornigen Blick. Scheinbar war es nicht besonders nett, was der Mann gesagt hatte. Aber der sanfte Riese Cube störte sich nicht daran und stocherte im Kamin.

Ein anderer Mann stand auf, schlug mit der Hand unsanft auf die Schulter von Cube und sagte etwas so laut, dass es sogar Gonzales an seinem Tisch hören konnte.

„Schließ gefälligst die Tür hinter dir. Wie oft soll ich das noch sagen, du Dummkopf!", rief der Mann. Er war etwas älter als die anderen, hatte kaum Haare auf dem Kopf, eine Hakennase und einen dünnen Schnauzbart. Wie die anderen trug er einen sehr teuren Anzug und an den Händen dicke Goldringe.

Cube duckte sich. Dann ging er zur Tür und bevor er sie schloss, hörte Gonzales noch etwas.

„Entschuldige, Chef, kommt nicht mehr vor, Whistler", sagte Cube und bekam vom Chef erneut einen Schlag.

„Wie heißt das?", fragte er.

„Whistler, Sir, natürlich", antwortete Cube und schloss endlich die Tür.

Das war also der Chef dieses Pubs. Wenigstens kam Gonzales nicht ganz ohne Informationen von seinem Ausflug zurück. Die Kellnerin erschien neben seinem Tisch und nahm das leere Glas.

„Na, soll es noch eins sein?", fragte sie und lächelte.

„Ich nehme einen guten Whisky, so einen, wie er da drin auf dem Tisch stand." Gonzales versuchte, erneut ein Gespräch mit der jungen Frau anzufangen.

Sie nickte und wollte zum Tresen gehen.

„Das war wohl nicht sehr nett, wie man ihren Freund in dem anderen Zimmer behandelt hat. Ich verstehe Leute nicht, die so unhöflich sein können. Er hat doch gar nichts angestellt, oder?", sagte er und setzte ein unschuldiges Gesicht auf.

Sie biss an. Aber was sie dann sagte, war nicht das Ergebnis, das Gonzales erwartet hatte.

„Er ist nicht mein Freund und es geht Sie nichts an, was in den Zimmern dieses Hauses passiert. Ich denke, Sie hatten genug für heute. Auf Wiedersehen und beehren Sie uns nicht so bald wieder." Das war glasklar ausgedrückt. Gonzales stutzte kurz, dann erhob er sich.

„Es tut mir leid, wenn ich etwas Falsches gesagt habe. Ich

wollte Sie nicht beleidigen. Gute Nacht, Miss Pam", sagte er, setzte seine Mütze auf und verließ diesen gastfreundlichen Ort.

Die Kellnerin sah sich vorsichtig um, aber niemand hatte Notiz von ihrem kleinen Streitgespräch genommen. Es war viel zu laut im Gastraum. Von einem der Fenster aus beobachtete sie Gonzales. Sie sah sich das Auto genau an und notierte sich das Kennzeichen. Man konnte nie wissen. Eine Londoner Nummer war das jedenfalls nicht. Somit hatte dieser seltsame Gast gelogen. Aber ein Polizist war er sicher nicht. Pam hatte ein Gespür für diese Leute.

Dem Whistler würde sie erst einmal nichts davon erzählen. Er musste nicht alles wissen.

Sie war auch immer noch verärgert wegen der Sache mit Cube. Es war unnötig, immer auf ihm herumzuhacken. Er machte seine Arbeit gut, auch wenn er etwas schwerfällig in seinen Gedanken war. Pam mochte den schweigsamen Riesen.

Gonzales fuhr in die Garage und schloss das Tor so leise es denn ging. Es war nach Mitternacht. So lange hatte er gar nicht vorgehabt zu bleiben, aber er wollte doch dem Butler wenigstens einige Informationen bringen. Darum hatte er auch noch am *Jack O`Lantern* in Parsley Field angehalten und mit seinem Freund Sean gesprochen. Aber dabei war nichts Neues herausgekommen. Sean wusste nichts von den neuen Besitzern in Pilpots.

Als er sich zum Haus umdrehte, stand plötzlich Beanstock, wie aus dem Boden geschossen, vor ihm. Gonzales

Herz schien stehengeblieben zu sein und schlug einen Trommelwirbel.

„Señor Beanstock! Warum schleichen Sie hier draußen in der Dunkelheit herum? Ich hätte tot umfallen können vor Schreck. Dios mío!"

Der Butler entschuldigte sich sofort und meinte, er hätte etwas gehört und wollte nur noch einmal nachsehen, ob alle Türen ordnungsgemäß geschlossen waren. Gonzales glaubte ihm kein Wort. Der Butler war vollständig bekleidet. Er hatte sich Sorgen gemacht und das zauberte ein Lächeln auf das Gesicht des Spaniers.

„Dann kann ich Ihnen auch sofort berichten", meinte er und ging rechts am Haus vorbei durch den Küchengarten zur hinteren Tür. Die beiden Herren setzten sich in die Küche und Gonzales erzählte ganz genau, was er gesehen hatte.

Beanstock ließ die Informationen eine Weile wortlos wirken. Es war so, wie er gedacht hatte.

„Das muss mit Dan Dorsey zusammenhängen. Sie haben also nicht diesen Kerl gesehen, von dem Mrs Pommerton berichtet hatte, ein Boxertyp, groß, sehr gut gekleidet, brutaler Gesichtsausdruck?", fragte Beanstock.

Gonzales schüttelte den Kopf.

„Da waren nur die Personen, die ich Ihnen genannt habe. Ich fand das auch komisch, dass das junge Mädchen und dieser Cube die gesamte Arbeit allein bewältigen mussten. Auch dieser andere Mann, von dem Mrs Porkpie erzählt hatte, war nirgends zu sehen."

„Nun, das muss nicht viel bedeuten", sinnierte Beanstock. „Das kann auch bedeuten, dass diese beiden Männer unterwegs waren. Aber was Sie von diesem Whistler erzählten, passt haargenau zu dem Brief, den ich heute gelesen habe." Er überlegte kurz.

„Der verstorbene Dorsey berichtet von einem sehr gefährlichen Mann, den alle Mitglieder einer Verbrecherbande nur Whistler nannten."

Beanstock erhob sich und warf einen Blick zu der Uhr an der Wand.

„Gehen Sie schlafen, Gonzales. Es ist spät. Sie haben Ihre Sache sehr gut gemacht. Ich muss dringend mit Inspector Greenwood reden. Aber das muss warten bis nach den Blumencupfeierlichkeiten. Wir haben morgen sehr viel zu tun. Gute Nacht."

Der Chauffeur hatte schon mehrmals gegähnt und ging nun schnellstens nach oben in sein Zimmer.

Beanstock saß noch eine Zeit am Küchentisch und versuchte die Informationen mit den Notizen der Mrs Pommerton, dem Dorsey Brief und seinen eigenen Schlussfolgerungen in Einklang zu bringen.

Es fehlte noch ein entscheidendes Puzzleteil. Da war er sich ganz sicher.

8

Parsley Field und der Blumencup

Die Aufregung im Haus war am frühen Morgen mit Händen zu greifen.

Lady Fedora hatte schlecht geschlafen, da sie in jedem Jahr annahm, etwas Wichtiges vergessen zu haben. Sie saß seit fünf Uhr früh aufrecht in dem großen Himmelbett und blätterte in ihrem Notizbuch. Hier waren alle Termine vermerkt, die wichtig waren. Dazu hatte My Lady alle Teilnehmer und ihre Exponate eingetragen. Sie blickte zu dem großen Fenster. Die Sonne stand schon in voller Pracht am Himmel, die Vögel zwitscherten und das Kleid für die Eröffnung lag gebügelt bereit. Was also sollte fehlen?

Am Vorabend hatte sie sich lange mit dem Gärtner die diesjährigen Rosen für den Cup angesehen. Es war Tradition, dass die Baronets Rosen zeigten, vor allem die selbst gezüchtete Moonlight-Shadow Rose, auf die der Gärtner besonders stolz war. Diese Rose war etwas Besonderes.

Seit fünftausend Jahren versuchten Züchter aller Epochen, die eine außergewöhnliche Rose zu schaffen. Damit schenkten sie der Welt eine fast unüberschaubare Fülle an Sorten in den wunderlichsten Farben und Formen. Diese Blume verkörperte wie keine andere Liebe, Reinheit und

Eleganz. Nicht umsonst wurde das Märchenschloss Dornröschens von einer Rosenhecke umrankt.

Auch die Geschichte Großbritanniens hatte etwas für die Rose übrig. Die berühmte Tudorrose sollte, als Zeichen des Friedens, die Adelshäuser York und Lancaster vereinen. Die Rosenkriege. Was für ein schöner Name für schreckliche Kriege.

Die Moonlight-Shadow Rose war ein Meisterwerk. Wenn man sie sah, dachte man sofort an ein Stelldichein im Mondlicht. Die Farbe der Blüte war außergewöhnlich, nicht grau wie der abendliche Nebel, nicht dunkelblau wie der Abendhimmel. Sie hatte die Farbe des Himmels in einer mondhellen Nacht mit tausenden blinkenden Sternen, durchzogen von Nebelschwaden, die wie zarte Schleier am Boden waberten. Die Rose war üppig, aber sie hatte auch eine Zartheit, die sie unter anderem den sehr hellgrünen Stielen verdankte.

Und sie duftete betörend. Wenn man sich der Blüte näherte, verströmte sie einen Duft nach Vanille und seltsamerweise Schokolade.

Sir Percival regte sich nebenan im Bett und sein Kopf mit dem verwuschelten Haar tauchte unter der Decke auf.

„Wie lange sitzt du hier schon, Darling?", fragte er verwundert. „Du musst dir nicht jedes Jahr so viele Sorgen machen. Was soll passieren? Alle werden ihren Spaß haben. Es ist alles vorbereitet." Er gähnte ausgiebig. „Du hast doch Beanstock. Da kann gar nichts passieren", fügte er hinzu.

Das beruhigte auch Lady Fedora.

„Du hast ja recht. Es wird perfekt ablaufen."

In diesem Moment klopfte Miss Arbuckle, Lady Fedoras Zofe, an die Tür. Es wurde Zeit aufzustehen.

Die Zofe brachte, wie an jedem Morgen, Tee auf einem Tablett herein. Während Sir Percival im Bad verschwand, ließ sich My Lady den Morgentee schmecken und kam langsam zur Ruhe.

Beanstock war zu dieser Zeit seit einer Stunde mit den Vorbereitungen des Tages beschäftigt.

Er saß auf seinem Platz und sprach mit den Anwesenden die Aufgaben des Tages nochmals ab. Er wusste, wie wichtig dieser Tag für My Lady war.

„Nach dem Frühstück bringt Gonzales mit dem Gärtner die Exponate zum Gemeindesaal. Lizzy, Sie werden die beiden Herren begleiten und darauf achten, dass die Dekorationen in Ordnung sind. Die beauftragte Firma hat gestern alles aufgebaut und als ich am Abend nachsah, war alles nach den Vorstellungen der Baronets geschehen. Aber schauen Sie bitte noch einmal genau nach. Ich werde später dazukommen. Sie bleiben dort, bis ich komme. Mrs Porkpie, ist das Essen vorbereitet?"

„Der Kuchen ist verpackt, Gonzales kann die Kisten mitnehmen. Phillis wird später für den Kuchen- und Teestand verantwortlich sein. Ich bereite in der Zwischenzeit das Dinner für den Abend vor. Wie abgesprochen für acht Personen", erklärte die Köchin.

„Sehr gut. Miss Arbuckle wird bei Lady Fedora bleiben. Am Abend werden wir Gäste empfangen. Die Weine stehen bereit. Wir erwarten den Earl of Southcoffelton mit Ehegattin, Pfarrer Wilson und den neuen Vikar Burton, sowie zwei der Blumenzüchter, die heute gekürt werden. Um zehn Uhr eröffnet Lady Fedora die Ausstellung. Bis dahin müssen alle an ihrem Platz sein. Gonzales, Sie werden heute Abend die Gäste vom Gemeindesaal zum Haus bringen. In der Zwischenzeit bitte ich Sie, ein Auge auf den Buchstand Lady Fedoras zu haben. Sie wird ihre Bücher signieren und braucht dabei Unterstützung. Mr Herringbone wird sich, wie in jedem Jahr, um die Rosen kümmern."

Beanstock sah in die Runde der aufmerksamen Zuhörer und wusste, dass er die besten Leute für den heutigen aufregenden Tag hatte. Es konnte nichts falsch laufen.

„Meine Herrschaften, jeder kennt seine Aufgaben, viel Glück!", sagte er und erhob sich.

Luci setzte ihren Ranzen auf, bekam ihr Frühstücksbrot und Beanstock verabschiedete sie.

„Wir sehen uns im Gemeindesaal. Du darfst dich Bronté nach der Schule anschließen", sagte er und rückte dabei das Halstuch des Mädchens in die korrekte Position. Mrs Argyle lächelte über die Fürsorge des Butlers.

Der Gemeindesaal von Parsley Manor war einmal eine alte Lagerhalle gewesen und diente der königlichen Eisenbahn im vorigen Jahrhundert, um Waren ein- und umzulagern. Seit dem Ende des Ersten Weltkriegs stand sie ungenutzt nah beim Bahnhof in der Landschaft und setzte Rost an. Es war eine filigrane Konstruktion aus Stahl mit einem großen Oberlicht in der Decke. Der Sockel war aus großen Quadern gemauert. Im Inneren waren die Stahlstützen frei sichtbar und gaben dem Gebäude Halt. Da die Stützen einen

Schmucksockel und ein verziertes Kapitell besaßen, konnten die Säulen bleiben.

Sie gaben dem ehemaligen Lager ein elegantes Aussehen.

Die Gemeindeverwaltung und die Baronets von Parsley einigten sich mit der königlichen Eisenbahngesellschaft über die Nutzung und machten aus dem alten Lager ein Schmuckstück. Die Wände waren frisch gestrichen, die fehlenden Glasscheiben erneuert und der Fußboden mit feinen Fliesen in zartem Grün belegt, der ideale Platz für den Blumencup. Zwei neue breite Tore konnten im Sommer offenbleiben. Breite Fenster bis zum Boden verliehen dem Ganzen die Leichtigkeit eines viktorianischen Glasgewächshauses.

Am Vortag hatte eine Dekorationsfirma Tische für die Präsentationen aufgebaut. An den Wänden hingen bunte Blumengirlanden mit breiten weißen und goldenen Schleifen dazwischen. Am Ende der Halle gab es eine kleine Bühne mit einem Pult und einem Tisch für die Jury. Auf einer Säule stand der silberglänzende Cup. Er wanderte in jedem Jahr zum neuen Sieger und erhielt eine neue Gravur am Sockel mit dem Namen.

Die Jury setzte sich aus Mitarbeitern des botanischen Gartens in London zusammen. Damit wollte man erreichen, dass die Entscheidungen ohne Ansehen des jeweiligen Ausstellers getroffen wurden. Das war auch der Grund, warum die Baronets die Mitglieder der Jury nicht beherbergten und auch nicht zum abendlichen Abschlussdiner einluden. Das wäre nicht angemessen. Es könnten Teilnehmer auf den Gedanken kommen, dass die Jurymitglieder zugunsten Lady Fedoras entscheiden würden und käuflich wären.

Es war noch eine Stunde bis zur feierlichen Eröffnung. Eine Menge Leute wuselten mit Kisten und Töpfen durch den Raum.

Jeder Teilnehmer bekam einen Tisch zugewiesen, um seine Schätze zu präsentieren. In diesem Jahr hatten sich dreißig Züchter angemeldet. Die meisten Angereisten brachten Rosen mit, aber es gab auch Iris, Kamelien und Hortensien. Der Duftangriff auf die Nasen der Besucher nahm ungeahnte Formen an.

Sean O'Donoghue, der Wirt des örtlichen Pubs, groß, muskulös und mit dem verwegenen Blick eines Freibeuters, bot vor der Lagerhalle Erfrischungen an. Am Tag des Blumencups übernahm die alte Donna das Geschäft im Pub und Sean zog mit Ale, Soda und Whisky vor die Gemeindehalle. Jeder war an diesem Tag hier. Die alte Donna würde nicht viel Arbeit im Pub haben. Da war es nicht so schlimm, dass sie ständig falsche Getränke brachte, weil sie fast taub war. Niemand traute sich, das falsche Getränk zu reklamieren, da sie eine sehr resolute und laute Dame war.

Es gab einige Gelegenheiten in Parsley Field zum Feiern. Da war der Osterumzug der Jugend, das Halloweenfest an Allerheiligen und die große Weihnachtsfeier in der Gemeindehalle.

Den Blumencup ließ man sich nicht entgehen. Aus vielen Teilen des Landes waren Aussteller und Besucher angereist. Der Pub war ausgebucht. Sean rieb sich die Hände. Parsley Field wimmelte von Fremden.

Auch die Witwe Bloom war zufrieden.

Die Auslagen im Schaufenster ihres Landmannladens

wurden interessiert begutachtet und sie würde ein gutes Geschäft machen an diesem Tag.

Herringbone war am Stand der Rosen von Parsley Manor und legte letzte Hand an. Seine Moonlight-Shadow Rose stand im Mittelpunkt auf einem erhöhten Sockel. Der Frühsommer war die richtige Zeit für dieses Schmuckstück. Sie stand in voller Blüte.

Die Jury war anwesend, ging von Stand zu Stand und machte sich ein erstes Bild. Lady Fedora lief auf der Bühne nervös auf und ab, sah zum hundertsten Mal auf ihre Notizen und hatte kleine rosa Flecken auf den Wangen.

Der Kuchenstand von Parsley Manor wurde, wie in jedem Jahr, von den Kindern des Ortes umlagert. Heute war die Schule, aus gegebenem Anlass, früher beendet worden. Luci war unter ihnen und teilte sich mit Bronté gerade ein saftiges Erdbeertörtchen. Phillis hatte viel zu tun. Aber sie war froh, den Stand in der Nähe des Eingangs zu haben. Dann konnte sie durch die offenen Türen öfter einen Blick auf den Wirt des Pubs werfen. Sie fand ihn umwerfend. Ihr schwärmerischer Blick fiel Beanstock natürlich sofort auf, als er seinen Rundgang begann.

„Die Augen auf Ihre Kunden, Phillis. Für Schwärmerei ist später noch Zeit. Ich bin sicher, Mr O`Donoghue ist den ganzen Tag hier", sagte er leise zu dem Küchenmädchen. Sie fühlte sich ertappt, knickste leicht und stellte weitere Köstlichkeiten auf den Verkaufstisch.

Eine Neuheit gab es aber dann doch noch in diesem Jahr. Der neu eingezogene Künstler aus dem alten Dorseyhaus durfte seine Bilder ausstellen. Er war vor ein paar Minuten mit seinem Bruder in einem alten Lieferwagen vorgefahren. Nun stellten sie vor der Tür gegenüber von Sean einen Klapptisch und eine große Staffelei auf. Ein Gemälde nach dem anderen bekam seinen Platz. Auf der Staffelei stand, passend zum Anlass, ein Bild von einem Rosenstrauß.

Auf dunklem Untergrund lagen dunkelrote Rosen, die aber ihren Zenit hinter sich hatten und teilweise arg zerrupft und verblüht wirkten. Käfer schienen unter dem alten Laub hervorzukrabbeln. Im Vordergrund lag ein verfaulter Apfelrest. Es war eher ein Bild des Zerfalls, als der üppigen Rosenblüte.

Sir Percival sah sich das Bild genau an. Er legte den Kopf nach rechts. Er legte den Kopf nach links. Seine Hand trommelte auf dem Revers seines Jacketts.

Edgar Wright sah dem Baronet lächelnd zu.

„Wie finden Sie es? Mal ganz was anderes als die üppigen Rosendarstellungen der viktorianischen Zeit, nicht wahr?"

Sir Percival lächelte zurück.

„Ich muss sagen, es gefällt mir. Der kühne Pinselstrich und die pastöse Vordergrundmalerei, eine interessante Auffassung über die Vergänglichkeit des Lebens", sagte er und wollte gehen.

Unter dem Tisch kam das blasse Gesicht von Edgars Bruder hervor.

„Das ist unglaublich. Sie sind der Erste, der erkennt, was ich mit dem Bild aussagen wollte. Die Vergänglichkeit des Lebens. Vielen Dank. Das bedeutet mir sehr viel."

Sir Percival nickte den beiden Brüdern zu und ging

hinein zu seiner Frau. Sie benötigte sicher emotionale Unterstützung.

In einigen Minuten würde sie ihre Ansprache halten und den Blumencup eröffnen. Auf dem Weg sah er Beanstock mit Phillis reden.

Am Hausstand begutachtete Herringbone seine Rosenlieblinge und Lizzy war mit Gonzales am Bücherstand und erklärte einem Interessenten die Auslagen. Auf der Bühne brachte Filomena Lady Fedora ein Glas Wasser. Es war alles vorbereitet und lief wie am Schnürchen.

Punkt zehn Uhr.

Es wurde still im Saal. Alle Augen richteten sich in froher Erwartung auf die Bühne.

Lady Fedora berichtete über die letzten Jahre. Die Jury wurde vorgestellt. Sie erzählte von den Herausforderungen und dann eröffnete sie den diesjährigen Parsley Field Blumencupwettbewerb.

„Möge die schönste Züchtung gewinnen!"

Es gab, wie in jedem Jahr, drei Kategorien: Beste Rosenzüchtung, Beste Sommerblume und Außergewöhnlicher Duft einer Blume. Das war eine Herausforderung für die Nasen der Jury.

Es würde mehrere Stunden in Anspruch nehmen. Lady Fedora konnte sich entspannen und Beanstock brachte ihr einen frischen Tee.

„Gute Arbeit, Beanstock. Ich weiß nicht, was wir ohne Sie machen würden", sagte sie und setzte sich auf einen Stuhl neben dem Rosenstand.

Sir Percival gesellte sich zu ihr und bekam eine Tasse Tee

vom Butler.

„Danke, Beanstock, das brauche ich jetzt. Ich habe vor der Halle ein sehr interessantes Bild entdeckt von unserem neuen Künstler im Ort. Das solltest du dir ansehen. Ich überlege, es zu erwerben", sagte Sir Percival zu seiner Gattin.

Beanstock entschuldigte sich kurz. Er wollte einen Blick auf den Künstler werfen. Vielleicht konnte er doch noch etwas Entscheidendes erfahren. Als er vor die Tür der Halle trat, war gerade der Vikar Thomas Burton eingetroffen. Er diskutierte aufgebracht mit den beiden Brüdern. Ein religiöser Disput oder war es ein andersgearteter Streit? Beanstock ging näher heran, um besser hören zu können.

„Du hast doch gar nichts auszuhalten gehabt! Was willst du überhaupt hier, wir haben dich nicht gerufen? Wir kommen auch ohne dich zurecht!", schimpfte Edgar Wright.

Tim hielt sich zurück. Beanstock hatte den Eindruck, der junge Mann würde gleich umkippen, so blass sah er aus. Unter seinen Augen lagen dunkle Ringe.

„Ich will euch nur vor Dummheiten bewahren. Ich werde nicht zulassen, dass ihr mein Leben …" Der Vikar unterbrach seine Rede. Er hatte Beanstock entdeckt. Die beiden Brüder drehten sich von dem jungen Vikar weg und redeten leise miteinander. Thomas Burton schloss sich Pfarrer Wilson an, der sich auf den Weg zum Kuchenstand machte.

Beanstock dachte an den Brief von Dan Dorsey. Er war sich noch nicht ganz sicher, aber seine Vermutung schien richtig zu sein, dass er hier drei Mitglieder der ehemaligen Kinderbande aus London vor sich hatte. Beweisen konnte er es nicht, noch nicht. Dann war da noch eine wichtige Frage.

Was wollten die drei Männer hier? Wie passte das zu dem Pub in Pilpots?

Plante hier jemand einen Rachefeldzug?

Oder wollten sie sich der Bande des Whistlers anschließen? Waren sie vielleicht bereits Mitglieder und kundschafteten die Umgebung aus? Konnte ein Vikar wirklich ein Krimineller sein?

Beanstock schüttelte energisch den Kopf.

Eigentlich müsste Inspector Greenwood anwesend sein, aber bis jetzt hatte Beanstock ihn noch nicht entdecken können. Constable Donegal war gekommen. Er stand in der Nähe des Eingangs und redete angeregt mit Lord Mortimer und Lady Marjorie, die ebenfalls gerade gekommen waren.

Als die Herrschaften hineingingen, wandte sich Beanstock an den Constable.

„Wird Inspector Greenwood heute auch noch erscheinen, Constable?"

„Er ist auf dem Weg, Sir. Ich habe dem Earl of Southcoffelton soeben berichtet, dass die Ermittlungen zu der jungen Frau nichts erbracht haben." Der Constable nahm sein Notizbuch aus der Jackentasche und schlug es auf. Er war dafür bekannt, jede Kleinigkeit zu notieren. Ob das an seinem fehlenden Gedächtnis lag oder ob er einfach sehr gründlich sein wollte, war nicht ersichtlich.

„Hier ist es. Ich weiß nicht, ob ich befugt bin, Ihnen die Informationen mitzuteilen", überlegte Donegal.

„Wenn Sie nichts herausgefunden haben, können Sie auch nichts verraten", versicherte ihm Beanstock.

Einen Moment konnte man den Constable denken sehen.

Dann hatte er die Richtigkeit dieser Aussage erkannt und lächelte Beanstock an.

„Genau", sagte er. Das Notizbuch flog auf.

„Die gesuchte Person, Peggy Smith, ist immer noch verschwunden. Sie wurde zur Fahndung ausgeschrieben, da es keinen Hinweis darauf gibt, dass der Name richtig ist.

Die Ermittlungen in London haben ergeben, dass die Referenzen der jungen Frau gefälscht sein mussten, da die Person namens Lady Constanze noch sehr lebendig ist und ihr Gatte der Admiral Ade der Royal Navy ebenfalls. Sie hatten niemals ein Küchenmädchen namens Peggy Smith.

Vor ein paar Monaten gab es in ihrem Haus einen Einbruch, bei dem auch Briefpapier mit dem Wappen der Lady Constanze entwendet worden war. Wahrscheinlich war das Dokument eine sehr gute Fälschung.

Viel mehr gibt es nicht zu berichten. Die Überwachung des Southcoffelton Castle wurde vorerst abgebrochen. Das habe ich soeben Lord Mortimer erklärt und ihm vorgeschlagen, einen größeren Hund anzuschaffen. Ihr kleiner Terrier kann zwar sehr laut bellen, aber wenn es hart auf hart kommt, bin ich sicher, dass Blossom verschwunden ist." Der Constable schloss sein Notizbuch, tippte mit dem Finger an seine Mütze und ging zurück zu seinem Bier am Stand des Pubwirts.

Beanstock lächelte. Das waren doch eine ganze Menge Informationen.

Etwas abseits beobachteten zwei Männer die Szenerie.

Als der Constable davonging, wies der ältere der beiden mit einem Finger zu Beanstock und sagte etwas. Er war sehr gut gekleidet, hatte eine auffällige Hakennase und Goldringe an den Händen. Der andere Mann war sehr viel jünger, groß, muskulös und zog sich seinen Hut tief ins Gesicht. In einer Seitenstraße stand ein Bugatti geparkt. Scheinbar wollten die beiden nicht auffallen und ließen den Wagen deshalb dort stehen.

Sie schlenderten zur Gemeindehalle und sahen dem bunten Treiben eine Weile zu. Vor dem Eingang begutachteten sie eingehend die Gemälde des Künstlers. Edgar Wright stand mit verschränkten Armen daneben und schwieg. Sein Bruder Tim war zum Haus gefahren, um noch etwas zu holen. Edgar war froh, dass Tim nicht hier war. Er hatte den Whistler sofort erkannt. Diese Visage hatte sich wie ein Krebsgeschwür in seine Gedanken gefressen. Er hasste diesen Mann abgrundtief. Der junge Mann neben dem Whistler war ihm unbekannt.

Dann gingen die beiden hinein und sahen sich dort um. Edgar wusste genau, dass es nicht um das Interesse an den Blumen ging. Dem Whistler ging es immer nur ums Geschäft und wie er noch mehr Geld scheffeln konnte.

Beanstock war inzwischen durch die Halle gegangen und sah sich nach den Baronets um. Sie standen mit ihren Freunden zusammen und diskutierten über die einzelnen Exponate.

Gonzales kam auf den Butler zu, griff ihn unerlaubterweise am Arm und zog ihn hinter einen der Paravents.

Jeder Stand hatte so eine Absperrung, um dahinter die Kisten zu deponieren, in denen die Blumen angekommen waren.

„Mr Gonzales, was erlauben Sie sich!", schimpfte Beanstock aufgebracht.

Gonzales lugte hinter dem Paravent hervor.

„Señor Beanstock, entschuldigen Sie, aber da ist der Whistler!", hauchte der Chauffeur leise.

„Zeigen Sie mir den Mann", wisperte Beanstock zurück.

Gonzales nickte in die Richtung der beiden Männer, die sich wie interessierte Blumenliebhaber durch die Menge der Besucher schlängelten.

Beanstock beobachtete die beiden sehr genau.

„Wer ist der andere, der Jüngere?", fragte er an Gonzales gewandt.

Gonzales schüttelte den Kopf.

Nun hatten die Männer die Bühne erreicht und begutachteten den Cup auf seinem Bett aus Samt. Beanstock konnte sich denken, dass die beiden nur den Wert des silbernen Pokals schätzten. Dann drehten die beiden sich um und wollten zurück zum Eingang flanieren.

Plötzlich stellte sich ihnen jemand in den Weg und eine Faust flog dem Whistler entgegen. Eine Dame schrie auf. Der jüngere Begleiter des Whistlers parierte gekonnt den Schlag und die Faust des Angreifers schlug ins Leere. Am Boden lag der Vikar und hielt sich seinen schmerzenden Kopf. Er war hart auf dem Boden gelandet. Sofort war der Constable zur Stelle und neben ihm erschien Inspector Greenwood.

Doch eigentlich war schon alles vorbei.

Es war so schnell gegangen, dass noch nicht einmal Beanstock alles genau gesehen hatte.

Die beiden Männer waren wie zwei Geister verschwunden. Nach kurzer Zeit brauste ein Bugatti am Gemeindesaal vorbei. Edgar Wright half dem Vikar auf die Beine.

Dr. Winterbottom war unter den Besuchern. Er kam und sah sich den Kopf des Vikars an.

„Da hatten Sie Glück. Das wird eine hübsche blaugrüne Beule werden. Sie sollten sich Ruhe gönnen und nach Hause gehen. Wenn Sie Kopfschmerzen bekommen oder Schwindelgefühl, rufen Sie mich an." Das sagte der gute Doktor mehr zu Pfarrer Wilson, der von der Sache nichts mitbekommen hatte und verwundert dreinsah. Sir Percival war sofort zur Stelle und wies Gonzales an, den Vikar mit dem Wagen zur Pfarrei zu chauffieren.

„Halt, bevor sich hier alle verkrümeln", rief der Inspector. „Was ist vorgefallen, wer hat geschlagen und warum habe ich nichts mitbekommen?"

Man sah sich forschend an, aber irgendwie hatte niemand wirklich viel gesehen.

Die Dame, die geschrien hatte, meinte, sie hätte nur den Vikar fallen sehen. Er muss über eine Kiste gestolpert sein. Dann fuhr sie ihren Gatten an, dass er immer alles herumstehen ließ. Der Gatte war sich keiner Schuld bewusst und meinte, er habe einen dunklen Schatten heranlaufen sehen, wahrscheinlich ein schwarzer Hund.

Der Constable war mit Notizen beschäftigt.

„Konnten Sie die Rasse des Hundes erkennen?", fragte der Constable dazwischen. Der Ehegatte schüttelte überfordert den Kopf.

Inspector Greenwood verdrehte die Augen.

Der Vikar saß auf einem Stuhl und wurde vom Doktor umsorgt.

Er könne überhaupt nicht sagen, was passiert wäre.

Er habe eine Faust gesehen und dann Sterne, gab er zu Protokoll.

Pfarrer Wilson verlor ein paar Krümel von seiner Soutane, aber sagen konnte er auch nichts, da er am Kuchenstand gewesen war. Luci, die sehr interessiert neben ihm stand, bestätigte das. Der gute Pfarrer hatte vor ein paar Minuten eine Runde Kuchen für die Kinder ausgegeben. Aber Luci meinte, sie habe zwei Herren sehr schnell wegrennen sehen.

„Die beiden haben sich unerlaubt vom Tatort entfernt", diktierte sie dem aufmerksamen Constable.

Beanstock hatte wahrscheinlich noch am meisten gesehen, da er die Männer beobachtet hatte. Er konnte sie dem Inspector genau beschreiben. Aber wirklich gesehen, wer die beiden angriff und warum daraufhin der Vikar zu Boden ging, konnte er nicht sagen. Er ärgerte sich, nicht aufmerksamer gewesen zu sein. Und die Aussagen der Umstehenden konnte man getrost vergessen. Das waren wieder typische Zeugen, die sich gegenseitig wiedersprachen. Das sah auch Inspector Greenwood so.

Er wedelte mit den Händen und Gonzales brachte den Vikar zum Wagen.

„Sie müssen mich nicht begleiten, Herr Pfarrer. Ich glaube, es wird mir bald besser gehen und ich schließe mich Ihnen heute Abend zum Dinner wieder an", sagte der Vikar an Pfarrer Wilson gewandt.

„Mrs McBride ist im Pfarrhaus und kann sich um Sie kümmern, junger Freund", antwortete der Pfarrer und verteilte weiterhin Krümel auf dem Boden.

Vikar Burton nickte.

Beanstock begleitete sie noch bis zum Wagen. Am Stand der beiden Künstler sah er Edgar Wright. Sein Bruder war inzwischen zurück und redete zornig auf ihn ein.

Edgar Wright sagte nichts. Aber er hielt sich die Hand.

Da war also der Attentäter, dachte Beanstock. *Mr Wright war auf keinen Fall ein schwarzer Hund, aber ein sehr schneller Akteur.*

Der Rest des Tages verlief harmonisch. Ein Trio des örtlichen Musikvereins spielte bekannte Melodien und die Kinder des Ortes tanzten sich müde.

Dann war es soweit. Die Sieger konnten gekürt werden.

Den Preis für die schönste Rose erhielt ein Züchter mit einer vollkommen neuen Rosensorte. Es war eine der Art *Bourbon-Rose*. Aber der Züchter hatte es geschafft, diese wunderbare zweifarbige Rose mit einer Rose der Sorte *Muscosa* zu kreuzen. Herringbone musste zugeben, dass sie wunderbar war.

Den Preis für die Sommerblume erhielt eine Dame aus Schottland, die Hortensien in einer exzellenten Fülle präsentierte. Lady Fedora hatte auf jeden Fall vor, sich mit ihr am Abend über eine Lieferung der wunderbaren Stauden zu verständigen.

Der Nebenpreis ging dann doch noch an Herringbone und Parsley Manor. Der Duft der *Moonlight-Shadow Rose* war nicht zu überbieten. Mit rosigen Wangen und einem seligen

Lächeln überreichte Lady Fedora ihrem Gärtner den Preis. Für diesen Nebenpreis gab es in jedem Jahr eine Urkunde und eine Auswahl ausgefallener Sämereien.

Gonzales war wieder zurück vom Pfarrhaus und chauffierte die Gewinner zurück nach Parsley Manor. Die Baronets folgten im Wagen des Earl of Southcoffelton.

Sir Percival war traurig. Er konnte seiner Gattin das Gemälde nicht mehr zeigen. Als er an den Stand des Künstlers kam, musste er feststellen, dass das Bild verkauft war.

Die beiden jungen Männer berichteten ihm, dass eine alte Dame das Bild genommen hatte. Tim meinte noch, er hatte sich gewundert, dass die alte Lady bei dieser Hitze ein langes schwarzes Kleid trug. Vielleicht eine Witwe meinte Tim Wright. Aber einen Namen konnte er Sir Percival nicht nennen, der ansonsten versucht hätte, das Bild zurückzukaufen. Alle Leute aus dem Ort hatten die Brüder noch nicht kennengelernt. Beanstock überlegte, aber eine alte Dame in einem schwarzen Kleid war ihm nicht aufgefallen.

Stattdessen versprach Tim dem Baronet, extra für ihn ein Bild zu komponieren. Das versöhnte den Baronet etwas.

Lady Marjorie durfte nicht fahren. Sie saß im hinteren Teil des Wagens neben ihrer besten Freundin und schmollte. Lord Mortimer wollte seine Freunde gesund ans Ziel bringen, wie er sich ausdrückte. Es gab zwischen den Eheleuten immer mal wieder einen kleinen, nicht ernst gemeinten, Disput wegen der Fahrkünste Lady Marjories. Sie wäre ein ausgezeichneter Rennfahrer geworden, meinte Lady Fedora.

Beanstock saß neben Gonzales. Nachdem der Chauffeur die Gäste abgesetzt hatte, fuhr er zurück zum Gemeindesaal und holte Phillis, Lizzy und Luci ab. Herringbone wollte zu Fuß zurückkommen. Er brauchte frische Luft nach diesem ereignisreichen Tag. Die Auseinandersetzung am Eingang hatte er wohl mitbekommen, aber einen Reim konnte er sich nicht darauf machen. Das war der Tag seiner Rose und etwas anderes war heute nicht wichtig. Er war sehr zufrieden.

Im Herrenhaus saßen die Gäste der Baronets und ließen sich ein ausgezeichnetes Dinner schmecken. Mrs Porkpie hatte sich wieder einmal selbst übertroffen.

Beanstock schenkte die passenden Weine ein. Die Kerzen auf der langen Tafel leuchteten. Ein wunderschöner Rosenstrauß in der Mitte der Tafel regte die Anwesenden zu ausgiebigen Diskussionen über die Rosenzucht an und Mrs Argyle servierte gemeinsam mit Lizzy einen besonders leckeren Nachtisch. Allgemeine Zufriedenheit machte sich breit im großen Dinnersaal von Parsley Manor.

Spät am Abend brachte Gonzales die beiden Gewinner des Tages nach Parsley Field zurück. Sie würden dort im Pub *Jack O`Lantern* übernachten. Pfarrer Wilson war bereits vor einer Stunde zurückgefahren worden. Er machte sich Sorgen um seinen Vikar, der nicht beim Dinner aufgetaucht war.

Beanstock resümierte zusammen mit der Hausdame den Tag in seinem Büro. Bei einem Glas Sherry waren sich die beiden einig. Es war ein großer Erfolg.

Die anderen schliefen längst müde vom Tag in ihren Zimmern, als Beanstock leise die Tür zu Lucis Zimmer öffnete. Sie schlief selig, wie ein kleiner Engel, ihren alten Teddy fest im Arm. Sorgsam zog der Butler die Decke zurecht, um sicher zu sein, dass das Kind nicht fror.

Mrs Argyle stand in der Tür und beobachtete den Butler. *Er ist schon etwas Besonderes, unser Beanstock,* dachte sie.

Am anderen Ende von Parsley Field gab es auch zwei Tage nach dem Blumencup noch immer heftigen Streit. Tim Wright machte seinem Bruder Vorwürfe für den Faustschlag, den er dem Whistler verpassen wollte. Natürlich hatte sich der Vikar Thomas Burton eingemischt und war daraufhin zu Boden gegangen.

„Was mischt sich dieser Mensch ein!", brüllte Edgar aufgebracht.

„Darum geht es gar nicht. Du kannst doch nicht in so einer Menge von Leuten um dich schlagen. Du bist manchmal so dumm. Hast du nur Rosinen im Kopf? So werden wir niemals ans Ziel kommen. Thomas hat recht. Du bist viel zu impulsiv. Du wirst noch alles verderben!", schrie Tim zurück. Dann musste er sich setzen. Es wurde schwarz vor seinen Augen. Edgar sprang zu ihm und setzte ihn vorsichtig auf einen Sessel. Dann ging er schnell zu der Kommode am Fenster und nahm aus einer Schatulle ein Medizinfläschchen. Er träufelte ein paar Tropfen auf einen Löffel und flößte es seinem Bruder ein. Nach ein paar Minuten erholte sich Tim und sein Gesicht bekam wieder Farbe.

„Siehst du, was passiert, wenn du dich so aufregst?", fragte Edgar gereizt.

Tim winkte ab und schloss die Augen. „So lange noch genug von den Tropfen da ist, mache ich mir keine Sorgen. Es ist doch auch noch genug von dem anderen Zeug da?", fragte er mit ängstlichem Blick seinen Bruder.

„Keine Sorge. Wir haben noch genug. Aber ich glaube nicht, dass wir das Zeug verwenden sollten", meinte er.

„Lass uns etwas anderes …"

Es klopfte.

Die beiden sahen sich erschrocken an.

Wer könnte das noch so spät sein? Edgar nahm aus der Kommode einen alten Revolver. Sehr überzeugend wirkte die alte Waffe nicht gerade. Sie war alt und hatte an manchen Stellen Rost angesetzt. Es war ein Armeerevolver aus dem Ersten Weltkrieg. Edgar hatte ihn bei einem ihrer *Ausflüge* mitgehen lassen.

Vorsichtig öffnete er die Tür.

8

Ein Chauffeur auf Abwegen

Gonzales wachte mit dem Gedanken auf, etwas Seltsames geträumt zu haben. Er lag in seinem Bett, blinzelte an die Decke und überlegte.

Er hatte wirklich von der Kellnerin aus dem Pub in Pilpots geträumt. Pam. Das hübsche Mädchen mit dem wundervollen roten Haar. Die Kratzbürste, die ihn hinausgeworfen hatte. Das war ihm noch nicht passiert. Vielleicht hatte er tatsächlich seinen spanischen Charme verloren. Lizzy hatte ihn auch abblitzen lassen, obwohl er es immer wieder probierte.

Als er etwas später vor dem Spiegel stand und sich rasierte, sah er ganz genau hin. War da nicht ein graues Haar? Er schüttelte lächelnd den Kopf. Das wäre auch nicht schlimm. Graues Haar machte einen Mann erst so richtig interessant.

Einige Zimmer weiter hörte er Lizzy an die Tür zum Zimmer des Butlers klopfen. Der Morgentee wurde an jedem Morgen von ihr gebracht. Gonzales musste sich beeilen. Bald würde Señor Beanstock nach unten gehen und die Anweisungen des Tages erklären. Heute waren kaum Dinge zu besprechen. Die Baronets wollten den Tag zuhause und in

Ruhe verbringen. Der gestrige Tag war aufregend gewesen. Also musste auch Gonzales nicht bereitstehen. Er würde wahrscheinlich nur zum Gemeindesaal fahren und die Rosen abholen. Die Aufräumarbeiten übernahm die Dekorationsfirma.

Als er beim Frühstück saß, kam ihm der Traum wieder in den Sinn. Warum ging ihm diese junge Frau nicht aus dem Kopf? Er sollte sie noch einmal besuchen. Beim Gedanken daran lächelte er. Gegenüber saß Lizzy und sah ihn fragend an. Aber der Chauffeur lächelte nur geheimnisvoll.

Beanstock musste nicht wissen, dass er noch einmal in den Pub gehen wollte. Wahrscheinlich würde er ihm das ausreden, weil er es für zu gefährlich hielt.

Vielleicht bekam er ein paar Blumen, wenn er den Gärtner fragen würde. Das machte sicher Eindruck auf Pam.

Beanstock war inzwischen gekommen, hatte die Arbeiten des Tages verteilt und frühstückte nun. Wie immer nahm er etwas Porridge mit einem aufgeschnittenen Apfel und Tee. *Dieser Señor war so vorhersehbar*, dachte Gonzales. Aber er mochte ihn und er war sich sicher, hinter der manchmal harten Butlerschale schlummerte ein Romantikerherz.

Gonzales erhob sich, nickte in die Runde und ging pfeifend in seine Garage. Er hatte sich entschieden. Am nächsten Abend würde er nach Pilpots fahren.

Pam war in ihrem Element. Sie flog zwischen den voll besetzten Tischen hindurch und balancierte dabei ein Tablett mit leeren Gläsern. Getränke holten sich die Gäste, so wie es überall in Pubs des Landes üblich war, am Tresen ab.

Das Essen konnte bestellt werden und wurde dann gebracht.

Pam dachte sich an jedem Tag ein Gericht aus, kochte es am Vormittag und schrieb dann das Tagesgericht auf eine Tafel, die Cube neben der Tür angebracht hatte. Daneben malte die junge Frau immer ein besonderes Bild. Manchmal zeichnete sie einen Teller mit dampfender Suppe, dann wieder eine Vase mit Blumen, zum Osterfest hatte sie ein Nest mit bunten Eiern gemalt. Die kleinen Bildchen kamen gut an bei den Gästen. Ihr machte es Freude. Irgendwann, wenn sie genug gespart hätte, würde sie ihren eigenen Pub haben. Dann wäre sie wirklich frei. Dann würde sie es auch nicht mehr akzeptieren, dass jeder Mann dachte, er dürfe einen Blick in ihr üppiges Dekolleté werfen.

Heute hatte sie nur Zeit für ein paar Sandwiches gehabt, daher malte sie ein Brot und einen Teller mit sauren Mixpickles auf das Schild. Seitdem Paps nicht mehr da war, konnte sie machen, was sie wollte.

Als es Micky noch gab, hatte der sich einen Spaß daraus gemacht, die hübschen kleinen Bilder immer wieder wegzuwischen. Danach hatte er schallend über seinen vermeintlichen Witz gelacht.

Dem Chef genügte es, wenn alles geordnet war, der Pub gut lief und er seine Gäste im Hinterzimmer begrüßen konnte, ohne dass jemand Notiz davon nahm. Alles andere war nur Makulatur. Der Pub war das bürgerliche Aushängeschild. Das Hinterzimmer war für die richtigen Geschäfte da. Heute Abend waren ein paar Leute gekommen, die das neue Etablissement im Nachbarort Gravesfort aufbauen sollten.

Ein paar Damen waren ebenfalls dabei. Zur Begutachtung, wie der Chef mit einem Zwinkern erklärte.

Die Damen waren zu laut, zu bunt angezogen und zu schrill geschminkt. Er wolle nicht gestört werden, schärfte er Pam und Cube ein.

Pam konnte sich denken, was das bedeutete.

Die Damen waren von der neuen rechten Hand des Whistlers mit dem Wagen aus London gebracht worden.

Der Neue war noch jung. Er hatte bis jetzt für den Chef in London die Kreditgeschäfte und Spielsalons überwacht. Aber der Whistler hatte vor, sich mehr in den ländlichen Bereich zu verlegen. Da waren noch offene Kapazitäten. In London gab es zu viele konkurrierende Banden, die ihm das Leben schwermachten. Der Whistler kam in die Jahre.

Buster Malone, der neue Mann an Whistlers Seite, kannte ihn sein Leben lang. Sein Vater hatte bereits in der Bande mitgemischt und war ein exzellenter Taschendieb gewesen. Bis man ihn erwischt hatte. Als er im Gefängnis plötzlich starb, hatte sich die Society um Buster und seine Mutter gekümmert. So war er dabeigeblieben und machte sich schnell unentbehrlich für den Chef.

Pam mochte ihn nicht. Er war ein bisschen zu selbstsicher, etwas zu glatt und eine Spur zu selbstgefällig. In den eleganten Anzügen, mit teuren Hüten und dem sorgfältig pomadisierten Haar hätte er fast Micky Konkurrenz machen können.

Aber Micky lag hinter dem Pub.

Micky hatte mehr als einmal versucht, ihr zu nahe zu kommen. Zum Glück gab es Cube. Er hatte sich zu ihrem

Beschützer gemausert. Sie mochte ihn.

Wie immer in den letzten Wochen füllte sich zum Abend der Pub. Die Damen aus Pilpots sahen das mit gemischten Gefühlen.

Die eine Hälfte rechnete das nicht nur dem Durst ihres Ehegatten zu, sondern vor allem der hübschen Kellnerin. Diese kleine Gruppe war verunsichert.

Die andere Hälfte sah es als eine wunderbare Möglichkeit an, endlich machen zu können, was man wollte. Es hatte sich ein Häkelclub gegründet, in dem mehr geschwatzt als gehäkelt wurde. Im Winter könnte man dann die gesamte Grafschaft mit gehäkelten Schals versorgen.

Drei Damen hatten ihre alten Instrumente vom Dachboden geholt und abgestaubt. Sie musizierten mit sehr viel Inbrunst. Ob es jemals zu einem Auftritt kommen würde, war nebensächlich. Manch ein Zuhörer war sich nicht ganz sicher, ob jede der Damen die gleichen Noten auf dem Pult vor sich hatte. Aber sie hatten ihren Spaß.

Im Gemeindehaus trafen sich mehrmals in der Woche ein paar Frauen, um aus der Bibel zu lesen. Der Herr Pfarrer sah es mit Freude, aber war nicht immer anwesend, da er Verpflichtungen im nahen Nonnenkloster hatte. Das wiederum freute die Damen.

Sah man den Pfarrer auf seinem Fahrrad in Richtung Kloster radeln, flogen die Bibeln in das Regal zurück, Likör und Gläser kamen aus den Taschen und die alte Miss Hasting zog aus ihrer Tasche die neusten Zeitschriften über Mode und Klatsch aus dem Königshaus. So ganz neu waren diese Zeitschriften eigentlich nicht. Ihre beste Freundin Mrs

Porkpie brachte bei ihren Besuchen stets einen großen Stapel aus Parsley Manor mit.

Sie hatte die Genehmigung vom dortigen Butler, die aussortierten Journale mitzunehmen.

Es wurde viel gelacht.

Am Ende des Abends dankten die Damen dem lieben Gott in einem Gebet für diesen neuen Pub. Auch wenn das sicher nicht im Sinne des Herrn war.

Pam hatte die erste Runde Gläser gespült. Ihr Blick fiel durch das Fenster zum Parkplatz. Ein roter Wagen parkte gerade. *Was will dieser vermaledeite Kerl hier schon wieder*, dachte sie und wappnete sich für den neuerlichen Spionageangriff. Sie konnte nicht riskieren, dass gerade heute der Chef auf den Mann aufmerksam wurde. *Eigentlich war er ja ganz nett. Wenn er nur nicht immer so viel fragen würde.*

Aber Pam wollte nicht, dass Buster oder der Chef ihm etwas tat. Der Mann war vielleicht nur einfach neugierig. Obwohl er sie ja in Bezug auf seine Herkunft belogen hatte. Aber sie sollte sich erst einmal anhören, was er heute wollte.

Wie war doch sein Name? Enrico, ein Spanier. Das war schon interessant, dachte sie.

Gonzales nahm den Blumenstrauß aus dem Wagen, rückte seine Krawatte zurecht und betrachtete im Seitenspiegel sein Gesicht. Alles war in Ordnung. Beanstock räusperte sich öfter. Auf seine Frage hin meinte der Butler, damit die Stimme nicht krächzte und gut klang.

Also räusperte sich Gonzales.

Warum war er eigentlich so aufgeregt? Das war doch gar nicht seine Art, überlegte er. In seinem Magen schienen

Schmetterlinge zu hausen.

Gonzales betrat den Pub. Es war Freitag und man freute sich auf das Wochenende. Dementsprechend war der Lärmpegel. Er musste eine Weile suchen. In der hintersten Ecke fand er eine freie Nische.

Er legte den Blumenstrauß kurz ab und ging zum Tresen.

„Was darf's sein? Ich schenke nur Getränke aus, keine Antworten auf Fragen", sagte Pam und sah Gonzales provozierend an.

Gonzales grinste.

„Keine Angst, Señorita, ich möchte nur ein Ale und etwas zu essen. Was haben Sie denn Leckeres da?"

„Sandwiches mit Schinken und Mixpickles", sagte Pam.

„Maravilloso! Das nehme ich", sagte Gonzales und ging mit seinem Ale zurück zu seinem Tisch.

Pam sah ihm nach. Sie konnte sich keinen Reim auf diesen Kerl machen. Aber ohne es zu wollen, gab sie sich bei der Vorbereitung der Sandwiches besonders viel Mühe.

Bevor sie zurück in den Gastraum ging, warf sie einen kurzen Blick in den Spiegel an der Wand und zupfte ihr feuerrotes Haar zurecht. Dann sah sie sich einen Moment an. Neben dem rechten Auge war eine kleine Narbe, aber die sah man kaum und um ihren Mund lag manchmal ein harter Zug. Jetzt lächelte sie.

Mit ihrem bekannten Schwung sprang sie zwischen den Tischen hindurch, gab dem ein oder anderen ein Lächeln, klopfte jemandem auf die Schulter oder lachte über einen Witz, der gerade erzählt wurde.

Gonzales bewunderte diese junge Frau.

Als Pam am Tisch ankam und den Teller abstellte, nahm Gonzales den Strauß und hielt ihn ihr hin.

„Es tut mir leid, wenn ich Sie beim letzten Mal geärgert haben sollte. Ich bin einfach ein neugieriger Mensch. Ich wollte Ihnen auf keinen Fall zu nahetreten", erklärte er mit einem netten Lächeln, das nicht nur auf seinem Mund lag, sondern auch in den dunklen Augen.

Pam hatte das nicht erwartet. Sie nahm vorsichtig den Strauß weißer Margeriten und roter Dahlien. Der Gärtner hatte einen hübschen Sommerstrauß gebunden.

„Warum haben Sie mich dann belogen? Sie sind gar nicht aus London oder was weiß ich woher. Ihr Kennzeichen am Wagen sagt etwas anderes", wollte Pam wissen.

Gonzales fühlte sich ertappt.

„Das stimmt natürlich. Der Wagen hat kein Londoner Kennzeichen. Ich komme trotzdem aus London. Aber ich arbeite in Parsley Field. Es war also nur ein Missverständnis und dafür möchte ich mich entschuldigen."

Die Tür zum Kaminzimmer flog auf und Buster erschien mit einer furchtbar bunt bemalten Frau. Sie hatte scheinbar etwas über den Durst getrunken, schwankte leicht und kicherte ununterbrochen.

„Ich muss arbeiten. Vielleicht können wir uns später unterhalten, wenn Sie noch da sind", sagte sie leise mit einem unruhigen Blick zu Buster und der Frau.

Gonzales sah sich den Mann genau an. Er kam ihm bekannt vor. Irgendwo hatte er ihn schon einmal gesehen. Es fiel ihm nicht ein. Aber er freute sich, dass Pam ihm vergeben hatte.

Aus dem Kaminzimmer kamen laute Stimmen. Da ging es scheinbar hoch her. Gonzales zog sich tief in seine Nische zurück und beobachtete. Der Mann war mit der Frau und einer Flasche Champagner in das Kaminzimmer zurückgekehrt. Die Tür wurde wieder sorgfältig geschlossen. Aber Gonzales konnte einen kurzen Blick hineinwerfen. Um den großen Tisch am Kamin saßen mehrere Herren. Wenn man denn Herren sagen könnte. Von Parsley Manor war Gonzales eine andere Art Herren gewohnt.

Dieses Sammelsurium von seltsamen Visagen war ihm höchstens in einem alten Gangsterfilm aus dem Chicago der 20er Jahre begegnet. Sie waren alle sehr gut gekleidet, aber das machte das schlechte Benehmen und die brutalen Gesichter nicht besser. Musik erklang. Freunde der italienischen Oper waren es jedenfalls nicht. Gonzales hörte Boogie-Woogie. Die Frauen bewegten dazu ihre ausladenden Hüften.

Es würde ihn gar nicht wundern, wenn alle diese Männer Geigenkästen dabeihätten.

Warum hatte sich Pam mit diesen Leuten eingelassen? Das war nicht in Ordnung, dachte er.

Spät am Abend leerte sich der Pub. Auch im Kaminzimmer war es ruhiger geworden. Die Herrschaften hatten sich, nach ausgiebigem Alkoholgenuss und einer sagenhaften Menge Zigarren, in das obere Stockwerk zurückgezogen. Dort vermutete Gonzales die Schlafräume.

Auch im Gastraum wurde es stiller. Ein letzter Zecher saß an einem der Tische und lag mit dem Kopf neben seinem Ale. Cube griff ihn sich und beförderte ihn unsanft nach draußen. Dann sah er ärgerlich zu Gonzales. Pam hielt ihn zurück.

„Ich kümmere mich darum. Bring doch bitte noch die Eimer hinaus und sieh nach der Gasuhr. Irgendetwas stimmt da nicht. Sie macht einen Höllenlärm seit ein paar Tagen", sagte sie zu dem sanften Riesen, der mit einem Lächeln auf den Lippen verschwand.

Pam wischte den Tresen ab und dann kam sie an den Tisch zu Gonzales. Auf dem Weg dorthin stellte sie die Stühle auf die Tische. Gonzales stand auf und begann ihr zu helfen.

„Gehen wir hinaus auf den Parkplatz", sagte die rothaarige Schönheit.

Pam lehnte sich draußen gegen die Autotür und sah Gonzales lange an.

„Weißt du, ich darf doch du sagen?"

Gonzales nickte.

„Weißt du, mein Leben ist nicht so einfach. Du hast ja sicher gesehen, was hier für Verhältnisse herrschen. Ich will mir nur ein paar mehr Pfund verdienen und dann bin ich weg. Ich möchte meinen eigenen Pub aufmachen. Da muss ich noch etwas sparen und da kann ich mir keinen Freund leisten, wenn du mich verstehst."

„Warum bleibst du in dieser Gesellschaft? Vielleicht kann ich dir einen anderen Job verschaffen. Mein Freund in Parsley Field hat auch einen Pub. Er könnte sicher eine gute Kellnerin brauchen. Wenn du magst, frage ich ihn. Das ist doch hier kein Umgang für dich", sagte Gonzales mit einem kurzen Blick zu dem dunklen Pub. Die Hoffnung stahl sich wie ein flatternder Schmetterling in das Herz des Spaniers. Vielleicht war das die Frau seines Lebens?

Er konnte sie nicht ansehen, ohne dass sein Herz wild zu schlagen begann.

Aber dem Schmetterling brachen die Flügel und er verendete auf dem Boden der Tatsachen.

„Nein, das geht noch nicht. Ich verdiene hier besser als in jedem anderen Pub. Vielleicht später einmal. Ich muss dich wirklich bitten, nicht mehr zu kommen. Ich mag dich sehr, aber es ist nicht die richtige Zeit für Romantik. Wenn ich soweit bin, werde ich mich bei dir melden, versprochen. Ich weiß ja, wo ich dich finde."

Pam schüttelte ihre rote Lockenpracht, zwinkerte Gonzales zu und drückte ihm einen Kuss auf die Wange.

Der sonst so wenig schüchterne Gonzales, erkannte sich selbst nicht mehr. Er versuchte nicht einmal, die junge Frau zu küssen. Er nickte nur traurig und sah ihr nach, wie sie zurück zum Pub ging. An der Tür drehte sie sich noch einmal um. Sie winkte ihm lächelnd zu und verschwand.

Als Pam die Tür geschlossen hatte, griff sie schnell in ihre Tasche und zog ein Tuch heraus. Sie wischte über ihre Augen, nickte dann kurz und streckte sich energisch.

Cube war wieder zurück im Gastraum und hatte sie beobachtet. Er konnte sehen, dass sie kurz davor war zu weinen. Das gefiel ihm nicht. Seitdem er das Mädchen kannte, war sie ihm ans Herz gewachsen. Sie war immer auf seiner Seite, wenn der Chef böse wurde.

„Hat er dich beleidigt? Oder hat er dir wehgetan? Ich werde ihm mal zeigen, was es heißt …", sagte er und machte sich auf den Weg zur Tür. Pam hielt ihn zurück.

„Es ist alles in Ordnung, mein Großer. Er hat mir nichts angetan. Ich habe ihm erklärt, dass er verschwinden und niemals wieder hier auftauchen soll. Ich denke, er hat verstanden." Pam warf einen Blick aus dem Fenster. Der rote Ford fuhr langsam vom Parkplatz und verschwand in der Dunkelheit.

Parsley Field Polizeistation

Am Morgen dieses Tages waren die Baronets mit ihren Freunden nach London aufgebrochen. Der Butler nahm sich am späten Nachmittag Zeit für Erkundigungen. Beanstock betrat die Polizeistation.

Das Gebäude war ein Ziegelbau mit einem kleinen Vorbau und ein paar Stufen zur Eingangstür. Über der Tür hing eine Laterne mit der Aufschrift *Police*, die am Abend beleuchtet war.

An der Seite des Hauses führte eine übermauerte Durchfahrt zum Hinterhof, in dem das einzige Auto der Polizei Parsley Field und das Fahrrad des Constables standen.

Betrat man durch die Tür das Gebäude, kam man zuerst einmal an einem langen Holztresen an, hinter dem ein Schreibtisch stand. Das war der Arbeitsplatz von Constable Donegal. So lange er denken konnte, lebte er hier im Ort. Seine Eltern kamen aus Irland in den 20er Jahren hierher und ließen sich nieder. Sein Vater hatte eine Werkstatt aufgemacht und reparierte Schuhe und Lederwaren. Der kleine Jack war damals zwei Jahre alt.

Constable Donegal kannte jeden in Parsley Field. Er hatte eine Vorliebe für ausschweifende Notizen und in seinem Schreibtisch stapelten sich die Blöcke. Aber wenn es darauf ankam, konnte er dem Inspector Informationen zu jedem Fall und jedem Ort in der Umgebung bis ins kleinste Detail berichten.

Seine zweite Vorliebe galt der Schnitzerei. In jeder freien Minute saß er in seiner Werkstatt und schnitzte. Eine Vielzahl von Figuren bevölkerten die Regale seines Hauses, des Schuppens und ein paar durften auch in der Polizeistation stehen. Auf dem Tresen stand, wie sollte es anders sein, ein hölzerner Polizist in Uniform. Sogar ein Notizblock und ein winziger Bleistift lugten aus der Uniformjacke.

Wenn man am Tresen vorbei nach rechts ging, kam man zur Arrestzelle der Station. Es gab nur diese eine. Die Tür stand meistens offen. Auch heute war das so, da es keinen Inhaftierten gab. Der einzige Dauerinsasse, der einmal im Monat einquartiert werden musste, war der Schäfer des Ortes. Alle vier Wochen bekam Matty seinen Lohn ausgezahlt und damit war er am Abend bereits so betrunken, dass er zu seinem eigenen Schutz in die Zelle kam. Neben der Zelle gab es noch einen Abstellraum.

Sah man vom Tresen aus nach links, war da das Büro des Inspectors.

Es war spartanisch eingerichtet mit einem Schreibtisch und einem Regal mit Gesetzbüchern. An der Wand hing das Bild der Queen und daneben ein Bild von einem alten Ehepaar, das irgendwie gar nicht fröhlich schaute. Das waren die Eltern des Inspectors.

Als er ihnen vor ein paar Jahren erklärte, dass er seine Karriere in London nicht länger verfolgen wolle, hatte sein Vater einen Wutanfall bekommen und seine Mutter war in

Tränen ausgebrochen.

Inspector Greenwood genoss das Leben in Parsley Field. Er war nicht der Typ für die ausufernde Kriminalität in London gewesen. Er hatte es gehasst.

Sein damaliger Vorgesetzter bedauerte sein Fortgehen und seinem Freund Inspector Morris, der für seine recht große Nase und seine rundliche Statur bekannt war, standen sogar Tränen in den Augen. Dieser Spürnase verdankte Morris aber manch einen gelösten Fall, während seine rundliche Gestalt von den Törtchen seiner Mutter herrührte.

Beanstock stand vor dem Tresen und schaute sich nach dem Constable um. Vielleicht war er im hinteren Teil und bereitete Tee zu. Dort befanden sich eine Küche und das Bad. Beanstock ging zur Bürotür des Inspectors und klopfte.

„Herein", kam es von der anderen Seite.

Beanstock betrat das Zimmer und sah die Ordnung im Raum mit Wohlgefallen. Inspector Morris′ Büro im altehrwürdigen Scotland Yard war da etwas ganz anderes. Beanstock hatte ihn in London während seiner Suche nach dem Mörder seiner Freundin Hortensia Peachwood kennen und schätzen gelernt. Aber das Büro von Inspector Morris war ein Chaos gewesen. Überall stapelten sich Akten und Papiere. Jeder freie Platz war belegt.

„Mr Beanstock", sagte der Inspector und verzog das Gesicht wehleidig. „Wenn Sie mich beehren, ist es entweder eine Einladung zum Tee nach Parsley Manor oder Sie ermitteln schon wieder ohne Genehmigung. Was kann ich für Sie tun?", fragte der Inspector und seufzte.

„Es handelt sich um eine einfache Auskunft, Sir. Ich habe

160

da nur einmal eine Frage zu einer Geschichte, die ich aus London gehört habe und die mich interessiert", sagte der Butler vorsichtig und setzte sich auf den Stuhl vor dem Schreibtisch. Er sah den Inspector milde lächelnd an. Als könne er kein Wässerchen trüben.

„Und das soll ich Ihnen abnehmen?", sagte der Inspector.

„Um was geht es denn?", wollte er wissen und lehnte sich bequem in seinem Schreibtischsessel zurück. Es knackte verdächtig im Stuhl.

„Sie sollten den Stuhl auf die Funktionstüchtigkeit der Holzteile untersuchen, Sir. Wie schnell kann es zu einem bösen Unfall kommen", erklärte Beanstock.

„Lenken Sie nicht ab. Dem Stuhl geht's gut", antwortete Greenwood und schaukelte zur Unterstützung seiner Worte schneller vor und zurück.

Beanstock räusperte sich.

„Ich habe eine Geschichte gehört. Kennen Sie die sogenannte Society der Acht? Die Mitglieder der Bande tragen angeblich die Tätowierung einer Billardkugel Nummer acht auf dem Arm. Sie sollen für vielfältige Verbrechen verantwortlich sein."

Inspector Greenwood sah den Butler abschätzend mit zusammengekniffenen Augen an.

„Woher haben Sie diese Geschichte? Das haben Sie doch nicht einfach so gehört? Na los, raus mit der Sprache. Sonst erzähle ich Ihnen überhaupt nichts."

Der Inspector verschränkte die Arme ineinander und sah den Butler wartend an.

Es knackte verdächtig.

Beanstock griff in seine Jackentasche. Er hatte sich so etwas vom Inspector schon gedacht.

Man konnte von ihm nicht einfach Informationen ohne Gegenleistung bekommen. Zum Glück hatte Beanstock ein gutes Verhältnis zu ihm und das war die Hauptsache.

Er legte den Brief von Dan Dorsey auf den Schreibtisch.

Der Inspector grapschte schnell danach und öffnete ihn mit einem Ausdruck im Gesicht, als wolle er verzweifeln.

Beim Lesen schaukelte er weiterhin mit seinem Sessel. Es knackte fast ununterbrochen. Der Inspector hielt in einer halsbrecherischen Pose inne und starrte ungläubig auf den Briefbogen. Bevor Beanstock ihn warnen konnte, gab es ein lautes Krachen und der Inspector verschwand in einer Staubwolke hinter dem Schreibtisch.

Constable Donegal riss die Tür auf und wollte sehen, was passiert war.

„Mr Beanstock, was haben Sie getan? Soll ich ihn verhaften, Sir?", fragte der Polizist und sah über den Schreibtisch hinunter auf seinen Chef, der dort inmitten der Reste seines Sessels lag.

Inspector Greenwood rappelte sich auf.

„Natürlich nicht!", schimpfte er.

Der Constable versuchte, ihm den Staub von dem Anzug zu wischen. Beanstock zog aus seiner Tasche eine winzige Kleiderbürste und begann zum Erstaunen der beiden Herren, den Anzug des Inspectors abzubürsten.

Der Butler schüttelte den Kopf.

„Ich habe es gesagt. Der Sessel ist nicht mehr auf der Höhe seines Lebens. Es gibt da diese kleinen gemeinen Insekten. Wir hatten dergleichen einmal auf Parsley Manor. In einer Kommode fanden sich winzige Löcher und Holzstaub lag herum. Wir haben das Möbelstück sofort entfernt und überarbeiten lassen. Garstige kleine Viecher, Holzwürmer."

„Holen Sie einen Besen, Constable, und bringen Sie mir einen anderen Stuhl", sagte der Inspector und schob Beanstocks Hand von seinem Anzug weg.

Als die Überreste des Sessels entfernt waren und Greenwood wieder saß, sah er den Butler fragend an.

„Den Brief. Woher haben Sie den? Von Ihrem Gärtner, oder? Hier spricht Dan Dorsey ja von einem William. So heißt Herringbone doch mit Vornamen. Ich sage es, wie es ist, das macht mir Sorgen. Ich kenne diese Bande aus London nur zu gut. Bereits vor dem Krieg machten sie die teuren Gegenden unsicher. Wie ich aus dem Brief ersehe, war die damalige Annahme, dass der Chef der Society auch Kinder beschäftigte, nicht aus der Luft gegriffen. Eine Schande ist das. Denken Sie, dass der Vorfall im Castle des Earls of Southcoffelton auch damit zu tun hatte?"

Beanstock nickte.

Dann erzählte er dem Inspector von dem Pub in Pilpots und seiner Vermutung, dass die Bande von dort operierte. Er berichtete, dass er durch das Notizbuch der Mrs Pommerton etwas entdeckt hatte und außerdem von Mrs Porkpie über die neuen Besitzer im *Three Chattering Ducks* erfahren hatte. Beanstock erzählte von der Angst des Mr Dorsey vor diesem Micky, dem Schläger der Society.

„Was hat der Gärtner mit Selfridges zu tun?", fragte der Inspector.

Beanstock hatte befürchtet, dass das kommen würde.

„Eigentlich gar nichts. Er half damals in London nur seinem alten Freund Dan, der hoch verschuldet war. Er war jung und dachte nicht an die Folgen. Durch diese Schulden geriet Dan Dorsey erst in den Strudel des Verbrechens."

Inspector Greenwood bekam wieder ganz schmale Augenschlitze. Er dachte sich wahrscheinlich, dass es nicht die ganze Wahrheit war. Aber er nahm es erst einmal hin. Es gab keinen Ankläger, also auch keinen Richter. Der Gärtner war erst einmal von der Angel.

„Ich wollte Sie etwas fragen. Gab es an der Leiche des Mr Dorsey so eine Tätowierung? Ich weiß, er wurde nicht obduziert. Im Brief erwähnt er aber diese Kugel."

„Sie haben da nicht ganz unrecht. Ich kann mich durchaus an die auffälligen Narben am Arm des Toten erinnern. Aber eine Billardkugel hätte ich nicht vermutet. Dann hätten meine Alarmglocken geschrillt. Ich werde meinen Kollegen Inspector Morris bei Scotland Yard kontaktieren. Wenn diese Bande wirklich ihre Aktivitäten auf das Land verlegt hat, müssen wir auf jeden Fall etwas unternehmen. Ich schicke auch Constable Donegal nach Pilpots."

„Wenn jemand von der Bande den Constable sieht, werden sie vielleicht flüchten. Sollten Sie nicht lieber etwas subtiler vorgehen, bevor wir genauer wissen, was sie vorhaben?", sagte der Butler.

„Nicht wir, Mr Beanstock, das habe ich Ihnen schon einmal gesagt. Sie haben Ihre Pflicht erfüllt, es besteht erst einmal keine Veranlassung, an eine Gefahr für die Baronets zu denken, und deshalb überlassen Sie mir den Rest. Bis jetzt ist noch niemandem etwas passiert. Dorsey ist wirklich eines natürlichen Todes gestorben."

Dann dachte er einen Moment nach.

„Aber ich gebe Ihnen recht. Donegal sollte sich in Zivil einmal in Pilpots umsehen. Das kann nicht schaden. Ich danke Ihnen für die Informationen. Den Brief würde ich gern behalten."

Beanstock war einverstanden. Er hatte ihn schon so oft gelesen, dass er ihn auswendig kannte.

Er verließ die Polizeistation und wandte sich nach links. Nach ein paar Minuten hatte er die Kirche und das Pfarrhaus erreicht.

Er griff zu seiner Uhr. Es war spät geworden.

Die Baronets waren heute mit ihren Freunden im Theater in London und würden die Nacht im Savoy verbringen. Man war im Rolls-Royce Lord Mortimers unterwegs.

Der Earl hatte sich endlich durchgesetzt und einen Chauffeur angestellt. Er war mehr als zufrieden mit Ralph. Seine Frau eher weniger, da sie nicht mehr so oft fahren durfte. Vor allem nicht den Rolls, hatte Lord Mortimer betont.

Lady Marjorie war eine findige resolute Dame. Sie würde letztendlich auch weiterhin ihre Freude am rasanten Autosport ausleben, mit oder ohne Zustimmung ihres Gatten. Der das natürlich genau wusste, aber immer wieder versuchte, autoritär zu wirken. Lady Marjorie kannte ihren Mortimer zu gut.

In der Kirche brannte noch Licht. Man konnte es durch die hohen Fenster sehen.

Beanstock betrat die Kirche und sah am Altar den Vikar

knien und inbrünstig beten. Als der Mann hinter seinem Rücken Schritte hallen hörte, drehte er sich schnell um.

Sein Gesicht sah nach Panik und Entsetzen aus, nicht wie das eines unschuldigen Priesters nach seinem Gespräch mit Gott. Beanstock erkannte, dass der Vikar jemand anderen erwartet hatte und nun starr vor Angst war.

Sein blasses Gesicht entspannte sich, als er den Butler der Baronets erkannte.

Er verfiel sofort wieder in seine gewohnte Rolle des emsigen Hirten, faltete die Hände und lächelte milde.

„Was kann ich zu so später Stunde für Sie tun? Gibt es ein Problem auf Parsley Manor? Vielleicht sollten wir in das Pfarrhaus zu Pfarrer Wilson gehen. Er kennt sich mit seinen Gemeindemitgliedern doch besser aus." Das kam, wie immer bei Vikar Burton, nicht ohne ein leichtes Stottern aus seinem Mund.

„Eigentlich möchte ich mit Ihnen reden, Herr Vikar. Es geht um den Vorfall am Tag des Blumencups. Was hat sie bewogen, sich zwischen die Männer zu werfen. Kennen Sie die beiden Brüder Wright von früher? Ich habe den Eindruck bekommen, als ich Sie mit ihnen sprechen sah."

Vikar Burton war es sichtlich unangenehm.

„Woher sollte ich die Männer kennen? Ich habe den Zorn im Gesicht des Mr Wright gesehen und betrachtete es als meine Pflicht, schlimmeres zu verhüten", stotterte der junge Mann nun plötzlich viel mehr.

„Sie kennen auch niemanden mit dem Spitznamen Whistler?", fragte Beanstock und setzte sich in eine der Kirchenbänke. Damit signalisierte er, dass er nicht gewillt war, vorschnell aufzugeben.

Der Vikar ließ sich in die Kirchenbank vor dem Butler sinken.

Seine Hände falteten sich und er schloss einen Moment die Augen. „Was wissen Sie über diesen Mann?", fragte er nun den Butler.

„Ich weiß genug, um zu verstehen, dass Sie sich fürchten. Ich weiß, wie gefährlich der Whistler ist, und ich weiß, dass sein Schläger Micky hier im Ort war und den alten Dan Dorsey bedroht hat. Die Herren kannten sich von früher. Und nun ist Mr Dorsey tot und ich denke, Sie wissen genau, was ich meine."

Der Vikar seufzte tief.

„Ich werde diese Heimsuchung niemals loswerden. Ich dachte wirklich, ich hätte mein Leben in den Griff bekommen. Herr im Himmel, warum nur ich?"

Beanstock schwieg. Er wollte ihm Zeit lassen, zu sich zu kommen. Sicher fiel ihm das nicht leicht.

„Darf ich Ihnen noch etwas sagen?", fragte Beanstock nach einer Weile.

Vikar Thomas nickte.

„Ganz gleichgültig, was Sie mir hier und jetzt erzählen. Ich verspreche Ihnen, dass ich es für mich behalten werde. Es werden keinerlei Nachteile für Sie entstehen. Sie kennen mich natürlich noch nicht. Aber eines werden Sie auf jeden Fall erfahren haben, dass ich verschwiegen bin und Geheimnisse für mich behalten kann."

Der junge Mann lächelte und es kam etwas Farbe auf das blasse schmale Gesicht.

„Ich weiß. Pfarrer Wilson spricht oft von Ihnen. Er scheint Sie zu bewundern. Ihm ist Verschwiegenheit leider nicht vom Herrn mitgegeben worden. Er plappert den ganzen Tag. Das soll nicht abschätzig klingen. Ich mag den alten Herrn wirklich sehr und fühle mich durch ihn hier schon heimisch."

Er ließ einen kurzen Moment Ruhe zu. Dann setzte er sich neben Beanstock.

„Ich war vor langer Zeit Teil einer Kinderbande, Mr Beanstock." Thomas sah den Butler erwartungsvoll an. Vielleicht dachte er, dass dieser nun erschreckt und angewidert wäre. Aber so mancher hatte sich schon in dem Butler Arthur Reginald Beanstock getäuscht.

„Erzählen Sie", war alles, was Beanstock erwiderte.

Thomas atmete tief ein und faltete erneut die Hände.

„Ich war einer von den Kleinsten. Ich kam zusammen mit T in die Bande. Malen konnte der! Die Wände unseres Kellers im Pub waren voll von seinen Zeichnungen. Nun, er ist Maler geworden und von der Bande losgekommen."

An dieser Stelle unterbrach ihn Beanstock kurz.

„Bitte verzeihen Sie, was heißt T?", fragte er leise.

„Jeder, der neu dazukam, bekam einen Buchstaben zugeordnet. Der Whistler meinte, wenn niemand die richtigen Namen kannte, konnte auch niemand den anderen verraten bei der Polizei. Ich war E. Es gab noch einige andere Kinder. Der Schlimmste war O. Er war schon älter, vielleicht zwölf. Ich weiß es nicht. Aber O spielte sich immer furchtbar auf. M leitete die Kindertruppe. Sie war sehr ehrgeizig und intelligent. Als sie verschwand, waren wir am Boden zerstört. Sie war wie eine Mutter für uns kleinere. Die Schuld lag bei O. Er hatte den letzten Auftrag versaut und M wurde vom Whistler bestraft. Wir haben sie nie wiedergesehen. Ich denke, Micky hat sie umgebracht." Thomas schwieg.

„Was ist dann passiert? Wie sind Sie entkommen?", fragte Beanstock.

„Es war einige Zeit danach. Bevor ich in die Fänge der Bande geriet, lebte ich auf der Straße. Ich war aus einem Waisenhaus weggelaufen. Hab es dort nicht ausgehalten. M war der erste Mensch, der wirklich gut zu mir war. Sie hat mir Mut gemacht und mich und T beschützt vor den anderen. Als sie fort war, wollte ich auch fort. Eines Tages, als wir wieder einmal unterwegs waren, habe ich mich einfach davongemacht. Ich weiß gar nicht mehr, wie lange ich gelaufen bin. Dann war da diese Kirche. Ich ging hinein und irgendwie hatte ich wahnsinniges Glück. Der Pfarrer von St. Barnaby of the Fields fand mich schlafend in einer der Kirchenbänke. Er nahm mich auf und kümmerte sich um mich. Mrs Krumm, seine Haushälterin, wurde meine zweite Mutter. Es war wie ein Wunder Gottes. Deshalb will ich Pfarrer werden."

Beanstock konnte es kaum glauben. Was für ein Zufall. Der alte Pfarrer von St. Barnaby, den er mit Gonzales aufgesucht hatte, als er die Morde in London im Auftrag von *Daisy Chain* untersucht hatte.

„Sie werden sich wundern. Ich kenne den alten Herrn, weiße Haare, nettes Lächeln, ein bisschen wie der Weihnachtsmann? Und überall gehäkelte Deckchen im Zimmer?"

Thomas Burton staunte mit großen Augen.

„Das ist ja unglaublich. Jetzt verstehe ich die Bewunderung von unserem Pfarrer für Sie. Sie wissen wirklich eine Menge. Da Pfarrer Wilson ein Freund ist, durfte ich hier nach Parsley Field kommen. Jedenfalls war das für mich ein Glück. Sonst wäre ich wahrscheinlich kriminell geworden. Natürlich weiß niemand davon. Und nun kommt es wieder zu mir zurück. Sie sagten, Micky war hier im Ort? Und der Whistler ist auch in der Nähe. Ich habe ihn gesehen an jenem Tag. Ich hoffe, er hat mich nicht erkannt. Was ist mit Paps? Er hat damals den Pub geleitet. Wie habe ich mich vor seinem Glasauge gefürchtet. Er hat es manchmal herausgenommen, um uns Kinder zu erschrecken. Hat sich amüsiert über unsere Gesichter." Der Vikar schluckte ängstlich.

„Machen Sie sich erst einmal keine großen Sorgen. Hier im Pfarrhaus sind Sie sicher. Ich habe auch die Vermutung, dass es dem Whistler nicht um Sie geht. Ich glaube, er denkt nicht einmal mehr an die Kinder von damals. Durch die Kriegswirren sind alle verschwunden. Wie kommen da die beiden Brüder Wright ins Spiel?", fragte der Butler.

„Die beiden waren auch in London dabei. Tim war T, ein Zufall, dass er den Buchstaben bekommen hatte, Edgar war O. Wie ich bereits erwähnte. Darum habe ich versucht, mit den beiden zu reden. Ich habe keine Ahnung, warum sie gerade hierherkamen. Ich habe sie gebeten, keine Dummheiten anzustellen. Edgar ist ein furchtbarer Hitzkopf. Dadurch hat er M damals in diese Klemme gebracht. Und dann war sie tot. Vor allem möchte ich nicht mit ihnen in Verbindung gebracht werden."

Beanstock nickte.

Er konnte den jungen Mann verstehen. Aber nun hatte er etwas mehr Durchblick in diese verworrene Geschichte um die Kinderbande.

„Mr Burton, versuchen Sie ruhig zu bleiben und vor allem halten Sie sich von den Wrights fern. Ich denke, das letzte Wort ist mit dem Whistler noch nicht gesprochen. Es könnte sehr unangenehm werden. Die Polizei habe ich informiert. Machen Sie sich nicht zu viele Sorgen. Diese Bande ist nur hinter dem Geld und Gut anderer Leute her. Die haben Sie längst vergessen. Zum Glück agieren sie von Pilpots aus, dem Nachbarort. Sie haben sich dort in einem alten Pub eingenistet. Die alten Verhaltensweisen haben sie aus London übernommen."

Beanstock erhob sich und verbeugte sich leicht. Dann ging er durch die stille Kirche zum Ausgang.

Thomas saß noch lange in der Kirchenbank. Heiße Tränen liefen über sein Gesicht. Immer wieder sah er das zarte Gesicht von M vor sich, wie sie ihnen Geschichten erzählt hatte. Sie war ein liebes Mädchen gewesen. Wie oft hatte sie ihm geholfen, weil er so ein ängstlicher Junge war? Sie hatte ihn beschützt. So manche Nacht hatte sie neben ihm am Bett gesessen, ihm Geschichten erzählt, weil er vor Angst nicht schlafen konnte.

Er wollte für sie beten. Also ließ er sich vor dem Altar nieder und betete.

Beanstock stand vor dem Portal der Kirche und überlegte seinen nächsten Schritt. Die Baronets wusste er sicher und geborgen in London. Mrs Argyle hatte ein Auge auf Luci. Sollte er mit den Wrights reden? Oder war das ein sinnloses

Unterfangen? Machte es Sinn, die Brüder zu warnen? Er sollte es wenigstens versuchen.

Jetzt, wo Inspector Greenwood ermittelte, sollten sie sich lieber fernhalten von dem Whistler. Beanstock war sicher, dass die beiden nur wegen der Bande hier waren. Sie wollten sich vor allem am Whistler rächen.

Also ging Beanstock an der Kirche vorbei den Weg zum Ende des Dorfes. Es war nicht sehr weit. Die frische Luft war gut für ihn. Man bekam den Kopf frei.

Mrs Pommertons Haus lag dunkel und still gegenüber. Aber Beanstock vermutete sie trotzdem hinter einer der Gardinen. Diese Frau bekam einfach alles mit. Wahrscheinlich zückte sie in diesem Moment ihren Stift und kritzelte in eines ihrer Bücher.

Beanstock klopfte an der Tür zu dem Haus der Brüder Wright. Es musste noch jemand wach sein. Durch die Fenster sah man einen schwachen Lichtschein.

Er hörte jemanden an der Tür.

„Wer ist da?", erklang die Stimme von Edgar Wright.

„Hier ist der Butler der Baronets von Parsley Manor, Mr Beanstock. Ich möchte Sie kurz sprechen, wenn es nicht zu spät ist."

Die Tür öffnete sich einen Spalt, dann ging sie vollends auf. Edgar stand in der Tür und hatte einen alten Armeerevolver in der Hand.

„Was wollen Sie hier mitten in der Nacht?", fragte er ungehalten.

Aus dem Wohnzimmer kam die Stimme seines Bruders Tim.

„Lass ihn schon rein. Er ist doch nur der Butler. Vielleicht will er nach dem Bild fragen."

Edgar nickte mit dem Kopf und schloss hinter Beanstock sorgfältig die Tür.

Den Revolver legte er auf einen Tisch gleich neben der Tür. Beanstock registrierte es.

„Haben Sie jemanden anders erwartet?", fragte er, als er in dem Wohnzimmer der beiden stand. Es sah gemütlich aus. Man erkannte die alte Wohnung des Vormieters nicht mehr wieder. Im Kamin brannte ein Feuer, davor standen zwei weiche Sessel und ein kleiner Tisch mit zwei großen Tassen darauf. Vor das Fenster hatte der Maler einen großen Zeichentisch gestellt, in der Fensterbank dahinter türmten sich Stifte und Pinsel in verschiedenen Gefäßen.

Über dem Kamin hing ein Gemälde, ein wunderschönes Haus mit einem weißen Balkon, umgeben von Bäumen und blühenden Büschen. Beanstock betrachtete es aufmerksam, ein Wunschtraum in hellen sonnigen Farben.

„Was wollen Sie also?", fragte Edgar ungehalten.

Tim Wright begann zu husten. Er wurde blass und hielt sich ein Taschentuch vor den Mund.

„Das klingt nicht gut. Mit diesem Husten sollten Sie sich bei Dr. Winterbottom vorstellen", sagte Beanstock besorgt, ohne auf die Frage des jungen Mannes zu antworten.

Tim sah den Butler lächelnd an.

„Dafür ist es etwas zu spät, Mr Beanstock. Diese Krankheit habe ich seit meiner Kindheit. Sie ist irreparabel. Ich musste lange Zeit in …" Beanstock unterbrach ihn.

„Sie mussten lange Zeit in einem feuchten Kellerloch leben. Ich weiß."

Die beiden Brüder sahen sich erstaunt an.

„Ich habe mit dem Vikar Thomas Burton gesprochen. Ich kenne diese ganze unsägliche Geschichte. Der Vormieter dieses Hauses war darin verwickelt, wenn auch nur als Beobachter. Ich verstehe Ihren Zorn. Vor allem verstehe ich, dass Sie es dem Whistler heimzahlen wollen. Aber Wut und Zorn sind keine guten Ratgeber. Ich bin gekommen, um Ihnen zu sagen, dass die Polizei bereits ermittelt. Sie sollten sich zurückhalten mit Aktionen wie beim Blumencup. Die Bande wird nicht mehr lange davonkommen. Inspector Greenwood ist ein sehr fähiger Ermittler."

„Zur Kenntnis genommen", sagte Edgar Wright.

„Sie gehen besser, Mr Beanstock. Es ist sehr spät. Man sollte sich um diese Zeit nicht mehr in den Straßen herumtreiben. Das kann ich Ihnen aus langer Erfahrung sagen. Wie leicht kann etwas passieren."

Tim hielt sein Taschentuch an die Stirn. Kalter Schweiß stand darauf.

„Sie sollten es doch einmal unserem Doktor zeigen. Er ist ein sehr guter Arzt", sagte Beanstock. Er wusste, es würde keinen Sinn machen, länger hier zu verweilen. Die beiden Männer hatten ihren Standpunkt unmissverständlich klargemacht. Dann mussten die beiden auch mit den Konsequenzen leben.

„Danke, Mr Beanstock. Das Bild für Sir Percival habe ich begonnen. Guten Abend", erwiderte Tim und stand auf. Edgar begleitete den Butler zur Tür und Beanstock wies auf den Revolver.

„Hatten Sie also anderen Besuch erwartet? Ich möchte mich wirklich nicht einmischen. Aber ich hoffe, Sie wissen, was sie tun", sagte er und trat aus der Tür.

Die Gardine im Obergeschoss des gegenüber liegenden Hauses bewegte sich leicht. War die alte Dame also wieder auf ihrem Posten, bewaffnet mit Buch und Stift.

Hinter seinem Rücken wurde die Tür wieder sorgfältig abgeschlossen.

Als er nach einem langen Spaziergang die Einfahrt zum Haus erreichte, lag Parsley Manor still und dunkel im Mondschein. Er wollte gerade zum hinteren Eingang gehen, als er eine Bewegung an der Garage bemerkte. *Wahrscheinlich der Kater*, dachte er noch. Dann wurde es dunkel.

Als er wieder zu sich kam, beugten sich drei Gesichter über ihn. Er lag auf dem Sofa in seinem Büro und Mrs Argyle legte eine frische feuchte Kompresse auf seine Stirn. Der Gärtner Herringbone saß neben dem Sofa und Gonzales stand hinter ihm. Beanstock konnte sich nicht mehr erinnern. Was war denn nur passiert? Er stand vor der Garage und danach war alles im Nebel verschwunden.

„Señor Beanstock!", rief Gonzales erleichtert.

„Da sind Sie wieder. Wir haben uns ganz schöne Sorgen gemacht. Ich war unterwegs und bin erst dazu gekommen als alles vorbei war. Sonst hätte der Kerl aber was erleben können. Lauert Ihnen auf und schlägt Sie nieder. So ein Feigling!" Der Chauffeur konnte sich kaum beruhigen und ging aufgeregt im Zimmer herum. Er machte sich schwere Vorwürfe, dass er nicht früher aus Pilpots zurückgekommen war. Mrs Argyle wedelte beschwichtigend mit der Hand.

„Setzen Sie sich, Gonzales. Sie laufen ja einen Graben ins Parkett", sagte sie und sah dann wieder ängstlich zu Beanstock.

Er versuchte, sich aufzusetzen. Sein Kopf explodierte in einem Sternenschauer.

Die Hausdame hielt ihm ein Glas Wasser hin.

„Nehmen Sie eine Tablette, dann werde ich Dr. Winterbottom holen." Sie stand auf. Beanstock hielt sie am Handgelenk zurück.

„Nein, das wird nicht nötig sein. Es ist nur eine Beule. Was machen Sie denn hier, Herringbone? Zuerst dachte ich, der Schatten neben der Garage wäre Ihr Kater. Wie man sich doch in der Dunkelheit irren kann." Dann fiel dem Butler plötzlich etwas ein. Er griff hektisch in seine Westentasche.

„Er ist weg. Der Schlüssel zur hinteren Tür ist fort. War jemand hier im Haus? Was fehlt? Ich muss sofort nach der Sammlung Sir Percivals sehen!", rief er und wollte sich erheben. Das klappte nicht und er fiel zurück auf das Sofa.

„Sie werden jetzt vernünftig sein und hierbleiben. Es ist alles in Ordnung im Haus. Das verdanken wir unserem Herringbone. Er war noch auf und hatte etwas bemerkt. Als er draußen nachsehen wollte, sah er jemanden herumschleichen. Dann kamen Sie auf dem Weg zum Haus und kurz danach lagen Sie am Boden."

Beanstock sah den Gärtner erstaunt an.

Herringbone war es sichtlich unangenehm, im Mittelpunkt zu stehen. Er zwirbelte seinen breiten Schnauzbart und grinste leicht.

„Ach, das war doch gar nichts. Ich habe dem Kerl eins

mit meiner Hacke übergezogen, die hatte ich mir gegriffen, bevor ich rausging, um nachzusehen. Da hatte er aber schon in Ihren Taschen herumgewühlt. Wahrscheinlich ist er mit dem Schlüssel auf und davon, der Feigling. Da haben Sie recht Gonzales. Aber er wird morgen auch blaue Flecken haben. Das können Sie mir glauben."

Der Chauffeur nickte dazu.

„Ich kam dazu, als der Schuft flüchtete. Ich ließ meinen Wagen in der Auffahrt stehen und rannte ihm noch hinterher, aber der Mann hatte in der Nähe ein Auto geparkt und verschwand in der Dunkelheit. Also kam er nicht mehr dazu, hier einzusteigen."

Beanstock sah in die Runde. Was für eine Eingreiftruppe. Er war stolz auf seine Mitarbeiter.

Der Gärtner bekam von Mrs Argyle ein Pflaster auf die Stirn geklebt. Der Angreifer war besser trainiert gewesen als er und hatte ordentlich zurückgeprügelt.

„Morgen wird Ihr Auge blau sein, mein Bester. Kühlen Sie heute noch, dann tut es nicht so weh", sagte Mrs Argyle.

„Und Sie gehen jetzt schlafen, Mr Beanstock. Gonzales bringt Sie nach oben. Ich denke nicht, dass wir heute Nacht noch mit einem neuen Angriff rechnen müssen."

„Wir müssen morgen sofort das Schloss zur Hintertür wechseln. Das kann Harrison machen. Er findet ein neues Schloss in der Werkstatt." Beanstock hörte nicht auf, sich zu sorgen.

Mrs Argyle griff durch. „Gonzales, bringen Sie ihn nach oben. Herringbone, Sie gehen auch zu Bett. Es ist für mich nicht besonders angenehm, die ganze Zeit hier in meinem

Nachthemd vor den Herren zu stehen."

In diesem Moment fiel allen anderen erst diese Tatsache auf. Mrs Argyle stand in einem langen duftigen rosa Nachthemd vor ihnen, rosa Pantoffeln an den Füßen und eine seltsame runde Haube auf dem Kopf, unter der ein paar Lockenwickler hervorlugten.

Beanstock räusperte sich. Gonzales griff ihm unter den Arm und Herringbone verließ, so schnell ihn seine Füße trugen, das Haus. In Sekundenschnelle war das Büro leer. Mrs Argyle sah den Herren schmunzelnd nach. Sie seufzte, ging in die Küche und machte Tee.

Ein Blick auf die Uhr sagte ihr, es war vier Uhr. Was für eine Nacht. Sie würde sich nicht mehr hinlegen. An Schlaf war nicht zu denken, jetzt wo ein Fremder den Schlüssel zur Hintertür hatte. Erst wenn das neue Schloss eingebaut wäre, würde sie wieder ruhiger werden. Sie wollte Mr Beanstock fragen, ob es nicht angebracht wäre, mehr für die Sicherheit auf Parsley Manor zu tun. Es war nicht das erste Mal, dass sich ein Fremder Zutritt verschafft hatte.

Junior hatte scheinbar die ganze Geschichte verschlafen. Er war nicht der geborene Wachhund.

Sehen wir, wie es den gebeutelten Herrschaften morgen geht, dachte die Hausdame. Sie setzte sich an den Küchentisch und wartete auf das Teewasser. Dann fiel ihr plötzlich ein, dass ja gar kein Feuer im Herd war. Sie verdrehte die Augen über ihre Nachlässigkeit und nahm ein paar Scheit Holz. Nach kurzer Zeit brannte das Feuer und das Wasser im Kessel begann zu brodeln. Sir Percival hatte von der Anschaffung eines modernen Herdes gesprochen. Mrs Porkpie war skeptisch. Sie liebte ihren alten Herd.

Als sie endlich mit ihrer Teetasse am Tisch saß und aus dem Fenster in den Küchengarten schaute, begann die Sonne über die Mauer zu klettern.

Was für eine Nacht. Gut, dass die Baronets in London weilten und vor allem gut, dass die kleine Luci nichts mitbekommen hatte. Sie wäre vor Angst um ihren Freund vollkommen aus dem Häuschen gewesen. Sie würde ihr nichts davon sagen. Wenn Mr Beanstock das wollte, sollte er das tun. Aber wie die Hausdame ihren Freund kannte, fiel das aus. Der Butler versuchte dem Kind, seit dem Tod ihrer Großmutter in London, so viel wie möglich zu ersparen.

Mrs Argyle lächelte.

Wer hätte gedacht, was für ein fürsorglicher Vater dieser Mann hätte sein können. Er hatte ihr in einem Gespräch vor einiger Zeit erklärt, dass sich eine Familie und die damit verbundenen Pflichten mit seiner Tätigkeit einfach nicht vereinbaren ließen.

Sie hatte ihm gesagt, dass es überhaupt kein Hindernisgrund wäre, aber Beanstock wollte nichts davon hören.

Mrs Argyle fand das sehr schade.

Sie mochte den Butler.

Buster Malone

Der Chef war sauer.

Er hatte wenigstens aufgehört zu brüllen. Wenn seine Stimme nicht so heiser geworden wäre, hätte er wohl bis zum nächsten Tag gebrüllt.

Buster war mitten in der Nacht auf den Hof des Pubs gebraust, hatte die Tür zugeworfen und sich am Tresen eine Flasche vom besten Whisky genommen. Natürlich waren alle wach geworden von dem Lärm. So schlau war Buster nicht, dass er sich ausgemalt hätte, wie der Chef auf seinen Misserfolg reagieren würde.

Nun saß Buster halb betrunken, einen feuchten Lappen auf dem Hinterkopf, an einem der Tische und blutete den frisch gewischten Boden voll. Sein Kopf wollte scheinbar bersten. Vielleicht wollte auch etwas aus seinem Kopf herauskrabbeln. Er konnte sich nicht entscheiden, was schlimmer wäre. Solche Schmerzen fügte er gern anderen zu, aber doch nicht sich selbst. Dieser Kerl, der plötzlich mit diesem Ding vor ihm stand, würde es noch von ihm zurückbekommen. Das hatte er sich geschworen, als er durch das schlafende Parsley Field nach Pilpots raste.

„Was hast du dir gedacht, du Idiot? Ich sagte, wir machen einen Plan und die Zeit ist noch nicht reif. Was an diesen Worten war nicht zu verstehen? Ich sollte dir noch einen über den Kopf ziehen, du verdammter …", rief der Whistler und seine Stimme überschlug sich. Dann knallte seine Hand auf den Tisch, sodass die Flasche umkippte und der gute Whisky auf dem Boden eine interessante Gemeinschaft mit dem roten Blut bildete, das immer noch vom Kopf des Mannes tropfte.

„Den Schlüssel habe ich aber", sagte Buster und legte ihn auf den Tisch.

„Bist du irrsinnig? Natürlich lassen die das Schloss bereits austauschen. Was habe ich von dem Schlüssel? Nichts! Und einsteigen können wir da jetzt auch nicht. Die warten doch nur auf uns. Was für Idioten arbeiten eigentlich für mich? Eine wird entlarvt und muss nach London zurück, einer fällt die Treppe runter, einer lässt sich umbringen und du denkst, ein Schlüssel würde alles lösen!"

Pam kam aus ihrem Zimmer herunter und sah die Bescherung. Sie würde die Sauerei wieder wegmachen dürfen. Natürlich konnten das die Herren nicht. Das war unter ihrer Würde. Aber sie wusste, dass sie nichts sagen sollte. Wenn der Chef so aufgebracht war, sollte man lieber den Mund halten. Sie band den Gürtel um ihren Bademantel enger und ging in die Küche, um Eimer und Lappen zu holen.

Trotzdem es Buster so schlecht ging, hatte er noch Gefallen daran, Pam am Bademantel zu zupfen und zu ärgern. Aber da hatte er nicht mit Cube gerechnet. Der sanfte Riese war ebenfalls nach unten gekommen.

„Lass sie zufrieden. Kannst noch einen Schlag haben, wenn du willst", sagte er und stellte sich zwischen Pam und Buster.

„Und du dummer Idiot hältst dich erst recht raus", brüllte nun der Whistler erneut los und schob Cube beiseite. Pam sah den Chef böse an und ging mit dem Eimer zurück in die Küche. Cube folgte ihr, sah sich aber immer wieder zornig nach Buster um.

„Du musst das nicht tun", sagte Pam leise zu ihm. „Er ist es doch nicht wert. Du schadest dir nur selbst. Du weißt doch, der Chef lässt nichts auf seinen Liebling Buster kommen. Auch wenn er ihn jetzt fertigmacht, das ist bald vergessen. Ich mache uns Tee, ja?"

Dann saßen die beiden schweigend in der Küche. Pam dachte darüber nach, was heute zu machen war. Sie wollte Lammstew kochen und vormittags nach Pilpots gehen und Blumen für die Tische kaufen. Der Whistler hatte sie angesehen, wie ein Huhn vor dem Schlachten, als sie um Geld für Blumen gebeten hatte. Also nahm sie das Geld aus der Portokasse. Das würde er nicht bemerken, weil sich dort jeder bediente. Sie hatte gern Blumen auf den Tischen. Jetzt im Frühsommer fehlte etwas Buntes im Pub.

„Heute soll noch die Lieferung am Bahnhof ankommen. Wir müssten nicht dauernd nachbestellen, wenn Buster und seine angeblichen Freunde nicht so viel auf Kosten des Hauses trinken würden. Aber da sagt der Chef nichts. Na, mir kann es egal sein. Hol die Lieferung am Bahnhof in Parsley Field ab. Sie soll mit dem zehn Uhr Zug aus London kommen", sagte Pam zu Cube. Der Mann nickte ihr zu und trank laut schlürfend seinen Tee aus.

Cube hatte sich auf den Weg nach Parsley Field gemacht.

Dafür gab es einen Lieferwagen, der zwar seine beste Zeit hinter sich hatte, aber einen guten Job machte. Cube fuhr gern damit herum. Er passte gerade so in das rundlich wirkende Auto.

Es war ein alter Morris aus den 40er Jahren. An den Seiten waren Schiebetüren und es war in einem hellblau lackiert, das dem Himmel Konkurrenz machte. So hatte es Pam ausgedrückt, als sie das Auto zum ersten Mal gesehen hatte. Cube hatte sich in das niedliche Ding verliebt. Leider hatte es vorn eine kleine Beule, die Cube jedes Mal zornig streichelte. Als wolle er dem Auto sagen, ich bin ja da, die Beule stört nicht. Diese dumme Beule verdankte er Buster Malone, der mit seinem Sportwagen wie ein Verrückter auf den Hof fuhr. Was hatte sich Cube darüber geärgert.

Pam sah ihm nach, lächelte wissend und machte sich mit ihrem Korb auf den Weg zum Blumenhändler.

In Pilpots gab es einen sehr schönen Blumenladen. Eine ältere Dame und ihre Enkelin betrieben das Geschäft.

Der Pub lag noch ruhig da am Morgen dieses Tages. Der Chef schlief in seinem Zimmer und würde erst zum Mittag herunterkommen. Buster wusste das und hatte sich etwas vorgenommen.

Er wollte einen Ausflug nach London machen. Sicher war es gut, dem Chef heute aus dem Weg zu gehen. Also würde er seine alte Flamme in London besuchen. In ein paar Tagen hatte der Chef sich beruhigt und alles wäre wieder beim Alten.

Seine Wunde am Kopf pochte noch, aber es hatte aufgehört zu bluten.

Also zog er seinen besten Anzug an, pomadisierte sich sorgfältig das Haar, strich über sein kleines Bärtchen und zündete sich die erste Zigarette des Tages an.

Der Pub war verlassen. Cube war vom Hof gefahren. Er hatte ihn in diesem lächerlichen himmelblauen Wagen gesehen. Wenn der dumme Riese wüsste, dass er mit Absicht eine Beule hineingefahren hatte, würde er ganz schön wütend sein. Irgendwann würde Buster ihm die Sache unter die Nase reiben.

Er sah kurz in der Küche nach, aber das Mädchen mit dem feuerroten Haar war nicht da. Irgendwann wäre sie fällig. Diese kleine Ziege konnte sich noch so sehr winden, im Grunde genommen bewunderte sie ihn. Da war er sich in seiner riesengroßen Arroganz sicher.

Er griff hinter den Tresen und nahm eine von den guten Champagnerflaschen aus einem Karton. Seine Süße würde sich freuen.

Dann stieg er auf dem Hof in seinen Wagen, warf die Zigarettenkippe aus dem Fenster und startete. In einer Stunde würde er in London sein.

Heute Abend sollte er den Chef anrufen und sagen, dass er nach den Geschäften in London sehen würde. Dann wäre der alte Mann zufrieden. Buster arbeitete darauf hin, das Geschäft so bald wie möglich zu übernehmen. Seine Fühler zu anderen Banden hatte er ausgestreckt. Er würde frischen Wind in diese ausgelaugte Society bringen. Die war schon lange überholt.

Buster grinste, legte den Gang ein und schoss aus der Einfahrt in Richtung Parsley Field.

Er musste durch den Ort fahren, wenn er nach London wollte.

Beanstock und Gonzales waren auf dem Weg zu Mrs Bloom. Sir Percival hatte ein paar Dinge bestellt, die abzuholen waren. Beanstock wollte für Luci Bonbons mitbringen.

Am Morgen hatte Lady Fedora aus London angerufen und verkündet, noch ein paar Tage länger in London zu verweilen. Nach einem wunderbaren Theaterbesuch wollten die Damen die Gelegenheit zu einem ausgiebigen Besuch ihrer Schneider nutzen und die Herren hatten sich zum Lunch in einem Club mit Professor Ian McGregor verabredet. Der Professor arbeitete immer noch im *Britischen Museum* an der Ausstellung zu den Funden in Ägypten. Sir Percival freute sich, seinen alten Freund wiederzusehen.

Am Abend würden die Paare ein Konzert in der *Royal Albert Hall* besuchen und danach im *Savoy* dinieren. Sie hatten ein volles Programm.

Beanstock hatte diese Terminveränderung begrüßt. Er war noch nicht wieder ganz in Form seit dem Angriff und das gab ihm mehr Zeit, bestimmten Dingen auf den Grund zu gehen. Er hatte sich für den Abend vorgenommen, selbst einen Blick in den Pub in Pilpots zu werfen. Gonzales sollte ihn begleiten, zierte sich aber seltsamerweise. Er wollte im Wagen auf den Butler warten, hatte der Chauffeur verkündet. Beanstock war überrascht gewesen.

Aber jetzt waren erst einmal die Bestellungen abzuholen.

Ganz entgegen der sonst so fröhlichen Fahrweise des Chauffeurs fuhr er sehr vorsichtig und sagte kein Wort. Als würde Gonzales sehr intensiv über ein Problem nachdenken. Beanstock sah ab und zu von seinem Notizbuch auf und warf einen besorgten Blick zu dem Chauffeur. Wie oft musste er ihn ermahnen, im Auto nicht zu singen oder zu pfeifen. Diese Stille war ihm dann doch nicht angenehm.

„Ist irgendetwas mit Ihnen?", fragte Beanstock schließlich. „Sie haben seit unserer Abfahrt noch nicht einen Ton von sich gegeben. Kann ich irgendwie behilflich sein? Ich habe das Gefühl, das hängt mit unserem Besuch heute Abend in Pilpots zusammen. Kann das sein?"

Zu einer Antwort kam es nicht mehr, denn als sie gerade am Pub vorbeifuhren, kam ihnen ein Sportwagen entgegengerast, der sich mit aufheulendem Motor in die Kurve legte und in Richtung Brücke davonflog. Gonzales konnte gerade noch ausweichen.

Beanstock hatte in dem kurzen Moment den Mann hinter dem Steuer erkannt.

„Gonzales, das war der Mann vom Blumencup. Er kam mit dem Whistler. Folgen Sie ihm!", rief der Butler.

Gonzales trat auf die Bremse, umrundete den Platz vor der Apotheke und dem Landmannladen und raste dem Wagen hinterher. In der Tür des Geschäfts stand Mrs Bloom und sah den beiden verständnislos nach. Die Apothekersfrau kam aus der Tür und sah fragend zu ihr herüber.

Mrs Bloom schüttelte den Kopf. „Diese Raserei wird noch mal der Untergang der Menschheit sein. Denken Sie an meine Worte!", rief sie zu Mrs Hoppleton hinüber.

Diese nickte nur knapp und verschwand in der Apotheke.

Inzwischen war der Sportwagen am *River Shirty*.

„Mr Beanstock, das war der Kerl aus dem Pub neulich. Ich wusste nicht mehr, woher ich ihn kannte, aber nun ist mir alles klar. Das ist einer von der Bande. Wahrscheinlich hat dieser Señor Sie auch niedergeschlagen!", rief Gonzales, während er versuchte, an dem Sportwagen vor ihnen dran zu bleiben. Aber das wäre unnötig gewesen.

Anstatt über die alte Steinbrücke zu fahren, flog der Wagen vor ihnen in hohem Bogen neben der Brücke durch das Gras und landete nach einer Rolle vorwärts im Uferbereich des Flusses.

Gonzales bremste hart. Beanstock flog kurz nach vorn, konnte sich aber festhalten. Trotzdem kam der Kopfschmerz zurück, den er schon vergessen hatte.

Die beiden sprangen aus dem Wagen und liefen zu dem auf dem Kopf liegenden Wagen. Das Führerhaus war vollkommen plattgedrückt.

Gonzales versuchte, unter das Auto zu sehen und legte sich ins Gras. Nach kurzer Zeit stand er auf und klopfte sich den Staub von seiner Hose. Er schüttelte den Kopf.

„Da ist nichts mehr zu machen. Der ist platt", sagte er zu dem Butler.

So hauchte das nächste Mitglied der Society, Buster Malone, sein Leben aus, auf einer staubigen Landstraße, an einem schönen Frühsommertag. Eine gute Flasche Champagner ergoss sich in den *River Shirty*. Vielleicht erfreute es die Fische.

Beanstock sah sich die Bremsspur an. Aber eigentlich gab es gar keine. Der Wagen war ungebremst in den Fluss geflogen. Er ging zur Straße hoch und sah sich die Spuren dort an. Dann rief er nach Gonzales.

„Sehen Sie das? Hier ist keinerlei Bremsspur. Dafür aber eine Ölspur. Was kann das sein?"

Gonzales nahm etwas mit dem Finger auf und roch daran. Dann ging er zurück zu dem Unfallwagen und sah sich den Motor an, dessen Einzelteile überall verstreut waren. Er nahm einen Stock, der von einem der Büsche abgebrochen war, und wies damit auf etwas.

„Señor Beanstock, das ist die Bremsleitung. Sehen Sie diese frischen hellen Spuren? Da hat jemand dran rumgepfuscht. Die ist kaputt. Das Öl ist langsam rausgelaufen und dann konnte der Mann nicht mehr bremsen. Jede Kurve hätte zu einem Unfall geführt. War nur eine Frage der Zeit. Bei dieser Fahrweise war es für den Mörder vorauszusehen, dass er nicht überlebt."

Aus der Ferne war das Klingeln des Polizeiwagens zu hören. Sicher hatten noch andere Bewohner den Unfall bemerkt und die Polizei alarmiert.

Nach kurzer Zeit sprang Inspector Greenwood aus dem Wagen, gefolgt von seinem Constable, der bereits sein Notizbuch zückte und an seinem Bleistift leckte. Das war eine sehr unschöne Angewohnheit, für die er schon mehrmals abgemahnt worden war.

Der Inspector sah Beanstock ärgerlich an.

„Was tun Sie hier? Warum sind Sie ständig an meinen Tatorten, auch wenn das ein Unfall und kein Mord ist?

Wachen Sie morgens auf und sehen in Ihrer Kristallkugel nach, wo heute wieder jemand sterben könnte?"

Gonzales grinste. Constable Donegal schrieb.

Es gab noch gar nichts zu schreiben, aber man konnte nie wissen. Inspector Greenwood sah ihn verzweifelt an.

„Was schreiben Sie denn? Notieren Sie das Kennzeichen und sehen Sie nach dem Fahrer. Wenn ich mir das Auto ansehe, sieht es ziemlich platt aus. Da ist wohl nichts zu machen. Der muss geflogen sein."

„Inspector Greenwood, das Opfer ist aus Pilpots und gehört zu der Society der Acht. Er war auch am Tag des Blumencups in die Schlägerei verwickelt und ich denke, er hat gestern Abend versucht, bei uns einzubrechen. Nur dem Eingreifen von Herringbone und Gonzales verdanke ich, dass ich hier stehe", unterrichtete der Butler den Inspector.

„Und warum erfahre ich erst jetzt von dem Überfall? Warum rege ich mich auf?", rief der Inspector.

„Ich habe eine Information von Inspector Morris aus London. Er kennt diese sogenannte Society gut. Ist schon lange hinter denen her. Die machen aus allem Geld, was nicht bei drei auf dem Baum ist. Aber bis jetzt hat er sie niemals erwischen können. Er ist auf dem Weg hierher. Hatte sich schon gewundert, dass es in London so ruhig um diese Bande geworden war. Wir übernehmen jetzt. Auf Wiedersehen, Mr Beanstock."

Gonzales wollte ihm noch die manipulierte Bremsleitung zeigen. Aber der Inspector war nicht ansprechbar.

„Wir werden das schon allein sehen", sagte er zu Gonzales, der sich schnell zurückzog.

Wieder im Wagen sahen die beiden Herren noch einen Moment dem Constable zu, wie er das Auto umrundete und fleißig Notizen in sein Buch schrieb, während der Inspector der nicht vorhandenen Bremsspur folgte.

„Holen wir die Bestellungen von Witwe Bloom ab", sagte schließlich Beanstock.

Gonzales sah einen Moment auf seine Hände, als würde dort eine Erkenntnis warten. Dann drehte er sich zu dem Butler um.

„Ich habe da dieses Mädchen in dem Pub kennengelernt. Sie ist etwas ganz Besonderes. Ich habe angeboten, ihr zu helfen. Aber sie wollte nicht. Ich mag sie wirklich. Sie meinte, sie wolle nur noch etwas mehr verdienen, dann wäre sie dort weg. Aber ich bekomme langsam wirklich Angst um sie. Darum bin ich etwas kurz angebunden, wenn es um den Pub in Pilpots geht. Es tut mir leid, Sir", sagte Gonzales und blickte zu Boden.

„Das hätten Sie mir wirklich schon erzählen können. Da ist doch nichts dabei. Dann haben Sie sich verliebt. Das ist doch schön. Wie Sie mir das Mädchen beschreiben, kann sie wohl gut auf sich aufpassen. Aber warum wollen Sie dann heute Abend nicht mit mir in den Pub hineinkommen?", fragte der Butler.

„Sie hat mich gebeten, erst einmal fern zu bleiben. Wahrscheinlich habe ich mit meiner Fragerei Aufmerksamkeit erregt und da will sie mich schützen."

Beanstock nickte verstehend.

Dann ließ Gonzales den Motor an und fuhr zurück nach Parsley Field und zum Laden der Witwe Bloom. Natürlich hatte sich die Geschichte bereits herumgesprochen und wurde heiß und heftig diskutiert. Eine kleine Gruppe hatte sich an O`Donoghues Pub versammelt, eine andere stand vor dem Landmannladen. Mit geweiteten Augen und voller Interesse sah man dem Butler von Parsley Manor entgegen. Natürlich war die alte Mrs Pommerton unter den Wartenden. Wo sollte sie auch sonst sein?

„Aus dem kriegt ihr nichts heraus. Hat seine Tochter auch nicht im Griff, kann ich euch sagen", sagte sie gerade, als Gonzales und der Butler vorbeigingen.

Beanstock räusperte sich lautstark.

Gonzales grinste schief.

Mrs Bloom stand hinter ihrem Tresen, ihre zarte Goldrandbrille auf der Nase und sah von ihren Büchern auf.

„Mr Beanstock!", rief sie. „Gut, dass Sie kommen. Ich habe einen neuen Kriminalroman für Sie. Ich werde ihn gleich holen."

Beanstock konnte es kaum erwarten.

„Wie heißt das Buch?", fragte er aufgeregt, als Mrs Bloom zurückkam.

„*After the Funeral*, ein Fall für Hercule Poirot. Stellen Sie sich vor, in Deutschland kommt das Buch unter dem Titel *Der Wachsblumenstrauß* heraus. Das passt doch gar nicht. Versteh einer die Deutschen. Was hat ein Wachsblumenstrauß denn damit zu tun?" Mrs Bloom schüttelte den Kopf.

„Die Pakete für Sir Percival stehen hinter dem Tresen. Eins davon war ganz schön schwer. Dieser furchtbare neue Postbote hat es mir einfach vor die Tür gestellt. Es ist eben nicht dasselbe wie damals mit dem guten Mr Partridge. Auf den Mann konnte man sich verlassen und wie gern er immer eins von meinen Himbeerbonbons genommen hat. Er fehlt an allen Ecken", lamentierte sie.

Beanstock gab ihr recht. Er hatte mit dem neuen Postboten bereits Bekanntschaft gemacht. Er hatte sich daraufhin bei der königlichen Postbehörde beschwert. Aber geändert hatte sich nichts. Der Mann war nur noch impertinenter geworden.

So hatte sich, eines Morgens nach dem Frühstück, Beanstock doch sehr gewundert, dass die Post und die Zeitung noch nicht angekommen waren. Als er aus der hinteren Tür trat, um nach dem Postboten Ausschau zu halten, fand er die Briefe und die Zeitung auf einem Stein vor der Tür. Das war absolut inakzeptabel. An diesem Tag durfte der Butler endlich wieder einmal die Zeitung für Sir Percival bügeln. Es war unumgänglich. Ansonsten hatte der Baronet angewiesen, die Zeitung nicht mehr zu glätten. Es fiel Beanstock sehr schwer, diese Anweisung zu befolgen.

Mrs Bloom verstand das sehr gut. Sie nickte verständnisvoll, als sie die Geschichte hörte.

Gonzales hatte inzwischen die Pakete in den Kofferraum des Wagens geladen. Die neugierigen Bewohner von Parsley Field hatten netterweise eine Gasse gebildet. Die Aktion wurde von Mrs Pommerton unaufhörlich dokumentiert.

Beanstock atmete auf, als sie sich endlich auf den Weg nach Parsley Manor machen konnten.

Am Abend wartete Gonzales vor dem Eingang auf den Butler.

Als Beanstock erschien, traute Gonzales seinen Augen kaum. Der Butler trug nicht, wie gewohnt, seinen dunklen Anzug.

Er hatte eine braune Cordhose an, einen braunen Pullover über einem karierten Hemd und auf dem Kopf zu allem Überfluss eine Schiebermütze, die an einigen Stellen geflickt war.

„Was haben Sie da an, Sir?", fragte er den Butler staunend. „Wo hatten Sie diese Sachen versteckt? Das sieht sehr leger aus, wenn ich das so sagen darf."

„Es ist mir etwas zu leger. Aber es war nichts verfügbar. Diese Kleider gehören Harrison. Ich habe sie mir geborgt, um nicht aufzufallen", erklärte er.

„Dann sollten Sie aber auch den passenden Gesichtsausdruck dazu tragen. Sonst nimmt man Ihnen den einfachen Arbeiter nicht ab", sagte Gonzales und schmunzelte.

Beanstock sah an sich hinunter und wusste nicht, was Gonzales damit sagen wollte. Er fand sich sehr passend.

„Fahren wir endlich. Ich will nicht zu spät zurück sein", sagte Beanstock leicht verschnupft.

Nach Pilpots war es nicht sehr weit. Bereits nach fünfzehn Minuten lenkte Gonzales seinen roten Ford auf den Parkplatz des *Three Chattering Ducks*. Er versuchte, den Wagen weit abseits zu parken, sodass man ihn aus dem Inneren des Pubs nicht sehen konnte.

Beanstock betrat den Pub. Am Tresen stand eine schöne Dame mit wunderbar leuchtendem roten Haar. Sie trug ein halblanges grünes Kleid mit einem halsbrecherischen Ausschnitt und auf dem Gesicht ein gewinnendes Lächeln. Das musste die Dame sein, von der Gonzales dem Butler erzählt hatte. Beanstock konnte ihn gut verstehen. Sie war eine Augenweide.

Er ging betont langsam und, seiner Ansicht nach, sehr locker und unauffällig zum Tresen. Er legte einen Ellenbogen auf die Bar. Die Kellnerin lächelte weiterhin und polierte dabei Gläser.

„Na, was darf es denn sein für den feinen Herrn?", fragte sie und sah Beanstock tief in die Augen. Dabei lehnte sie sich halb über den Tresen. An den Tischen ringsum waren die Gespräche kurzzeitig verstummt und man beobachtete die junge Frau aufmerksam.

Beanstock räusperte sich.

„Ich hätte gern einen Whisky", sagte er.

„So, das hätten Sie gern? Na dann sollen Sie es bekommen." Die Kellnerin griff zu einer Flasche, goss ein und stellte es dem Butler hin. Er bezahlte. Dann setzte er sich in eine der Nischen.

Die erste halbe Stunde verlief ohne etwas besonders Interessantes. Beanstock beobachtete die Kellnerin Pam bei ihrer Arbeit.

Immer wieder fiel sein Blick zu der Treppe, die sich im hinteren Teil des Pubs nach oben zog. Er kannte die obere Etage. Er war dort schon einmal gewesen, als er nach dem falschen Archäologen gesucht hatte. Gonzales hatte ihm berichtet, dass keine Zimmer mehr vermietet wurden und die erste Etage Tabu für die Gäste war. Das machte ihn neugierig. Wenn er sich richtig erinnerte, kam man über eine Tür an der Rückseite des Hauses schneller an die Treppe.

Beanstock musste noch etwas länger verweilen und holte sich einen weiteren Whisky, obwohl er eigentlich eher der Sherrytyp war. Aber Sherry wäre zu fein für einen einfachen Arbeiter wie ihn. Er musste seine Rolle spielen.

Die Tür zu einem der hinteren Räume öffnete sich und ein älterer Mann erschien. Er war sehr gut angezogen, hatte einen grauen Haarkranz und zu Beanstocks Erstaunen schien er geweint zu haben. Er ging langsam schwankend zum Tresen und verlangte eine Flasche Whisky. Scheinbar war das nicht sein erstes Getränk heute.

Die Kellnerin stellte eine Flasche auf den Tresen. Bevor der Mann danach greifen konnte, sagte die junge Frau etwas zu ihm. Beanstock konnte es nicht verstehen. Aber es musste etwas Unangebrachtes gewesen sein. Denn nun griff der Mann blitzschnell in die Haare der Frau und zerrte sie halb über den Tresen.

„Du bist hier nur Kellnerin. Sei froh, dass du nicht mehr bist. Halte dich aus meinen Angelegenheiten raus!", schrie er laut. Alle Gäste im Pub sahen ihm erschrocken nach, als er mit der Flasche im Hinterzimmer verschwand und die Tür zuwarf. Aber sofort brandeten die alten Gespräche wieder auf. Nur ab und zu warf jemand einen Blick zu der jungen Frau, die weiterhin Gläser polierte und lächelte. Aus der Küche hinter dem Tresen kam ein weiterer Mann. Das musste Cube sein, von dem Gonzales erzählt hatte. Ein Mann so breit wie hoch, wie ein Cube eben. Cube griff nach dem Arm der Kellnerin Pam und sah ihr ins Gesicht.

„Hat er dir was angetan?", wollte er wissen. „Er ist nicht mehr derselbe. Nun ist auch noch Buster verunglückt. Das verkraftet er nicht so schnell. Der war doch wie ein Sohn für den Chef."

Pam beruhigte ihn.

„Keine Sorge. Mir geht es gut. Geh bitte in den Keller und hole ein neues Fass. Die Leute haben heute einen Durst. Ich komme kaum mit Einschenken hinterher."

Das war interessant.

Beanstock holte sich einen weiteren Whisky.

Bei seinem vierten Glas Whisky fragte Pam, ob eine ganze Flasche nicht besser wäre. Dann bräuchte er nicht ständig zum Tresen zu kommen. Aber Beanstock lehnte das ab. Er wollte ja nur einen kleinen Abendtrunk zu sich nehmen.

„Einen kleinen Abendtrunk? Soso. Welcher Arbeit geht der Herr denn nach, dass er so zu sprechen gelernt hat?", fragte lauernd die Kellnerin.

Beanstock schwieg. *Seltsam*, dachte er, *ein Nebel war das hier im Raum. Die Leute rauchten einfach zu viel.*

Irgendwie begann der Gastraum auch leicht zu schwanken. Dann lief Mortecai durch den Raum, sah sich nach Beanstock um und zwinkerte ihm zu.

Beanstock hatte genug gesehen. Er erhob sich schwankend, ging am Tresen vorbei und hielt zwei Finger an seine Mütze.

„Gute Nacht, Miss Pam", sagte er lächelnd und verließ den Pub.

Gonzales sah zu ihm herüber, aber Beanstock ging an der anderen Seite um den Pub herum und zur Hintertür. Vorher bedeutete er Gonzales mit einer wedelnden Geste seiner

Hand, im Auto zu bleiben.

Er musste den Hof überqueren. Der Lastwagen der Brauerei hatte tiefe Furchen auf dem Hof hinterlassen. Noch dazu hatte es vor ein paar Tagen heftig geregnet. Es war dunkel. Das kam Beanstock zugute. Wenn nur nicht dieser Nebel wäre und der Boden einmal stillstehen würde.

„Maldito", flüsterte der Butler, hielt kurz inne und schlug sich die Hand vor den Mund. Seit wann fluchte er wie der Chauffeur seines Vertrauens? Ein schönes Wortspiel, das wollte er sich merken. Er kicherte. „Beanstock, jetzt aber still und Schleichmodus einstellen", flüsterte er.

Er ging zur Hintertür und horchte. Der Moment war günstig, da Cube im Keller beschäftigt war, der Gastraum voller Leute und somit Pam mehr als genug zu tun hatte. Der Whistler saß, in Selbstmitleid über den Verlust seines Mitarbeiters badend, im Kaminzimmer und überließ sich dem Whiskyrausch.

Beanstock tastete nach der Klinke und prüfte, ob die Tür verschlossen war. Sie war nicht abgeschlossen. Im Innenraum war ein kurzer Flur, der am Ende zur Treppe nach oben führte und auf der rechten Seite zur Küche.

Ohne Probleme erreichte er die Treppe. Ein kurzer Blick in den Gastraum sagte ihm, dass niemand auf ihn achtete. Die Treppe war nicht beleuchtet. Das kam ihm sehr entgegen. Aber es machte ihm den Aufstieg auch schwieriger, da er bei dem Nebel nicht viel sah. Er schlich weiter.

In dem engen Gang der ersten Etage kannte er sich aus. Er versuchte, alle Türen zu öffnen. Eine war abgeschlossen. Also nahm er seine Dietrichsammlung aus der Tasche und versuchte sie zu öffnen. Wieder einmal fiel ihm das nicht so leicht wie Gonzales. Diese Schlüssellöcher waren so furchtbar winzig. Man traf kaum das Schlüsselloch. Komisches Wort, Schlüsselloch. Er grinste. Aber er schaffte es. Gonzales war ein guter Lehrer.

Er betrat das Zimmer. In der Mitte an der Wand stand ein einfaches Holzbett. Auf dem Nachttisch war eine Lampe und daneben lag ein Buch. Beanstock sah es sich an, ein Buch über Insekten und tropische Amphibien. Vorn im Buch stand eine Widmung. Wer von der Bande hatte Interesse an solchen Dingen? Licht wollte er lieber nicht machen. Also suchte er im Dunkeln weiter. An der Wand lehnte etwas Quadratisches. Er sah sich das Ding etwas genauer an.

Eigentlich wusste er gar nicht genau, wonach er suchte. Dass diese Tür verschlossen war, erschien ihm Grund genug, nachzusehen. War das Buster Malones Zimmer gewesen? Beanstock stellte sich Cube hier nicht vor. Ein letzter Blick fiel in den Kleiderschrank. Er widerstand dem seltsamen Wunsch, einen der Hüte aufzusetzen, die im Schrank lagen.

Er verließ das Zimmer und sah sich noch in den anderen Räumen um. In den meisten war nichts von Interesse. Er sollte sich beeilen und sein Glück nicht überstrapazieren. Gonzales ließ sich gern zu einer Dummheit verleiten, wenn er es angemessen fand.

Also nur noch schnell das letzte Zimmer.

Das musste der Schlafraum vom Whistler sein. Es war am besten eingerichtet und hatte sogar ein eigenes Bad. Die Möbel sahen exzellent aus. Dafür hatte der Butler einen Blick, auch wenn dieser vernebelt war. Vor dem Fenster stand ein Sekretär. Beanstock sah sich die Briefe an, die dort lagen, hauptsächlich Rechnungen.

Eine Karte von einer Violence, die sich beschwerte, dass ihr liebster Freund und Unterstützer nicht mehr für sie da war. In den Schubladen lag Geld, sehr viel Geld. Aber das hatte Beanstock nicht anders erwartet.

Ein Plan vom Southcoffelton Castle lag in einer anderen Schublade. Wahrscheinlich hatte das falsche Küchenmädchen aus dem Gedächtnis etwas aufgemalt. Es war sehr detailreich. Das konnte er nicht hierlassen, also steckte er den Plan ein. Von Parsley Manor fand er glücklicherweise nichts.

Beanstock machte sich auf den Rückweg.

Er kam in den Hof und überquerte ihn langsam.

Der Boden war glitschig. Es hatte wieder begonnen zu regnen. Plötzlich hatte einer seine Schuhe keinen Halt mehr und er rutschte zu Boden.

Was für ein Schlamassel. Das Einzige, was Beanstock im Moment durch den Kopf ging, war, wie bekomme ich die fremden Kleider wieder sauber? Als er sich aufrappelte, hatte er irgendetwas in seiner Hand. Es war rund und glatt. Er steckte es vorerst in die Tasche. Es war besser, schnellstens zu verschwinden.

Gonzales stand neben dem Wagen, rauchte eine seiner dunklen Zigarillos und wippte nervös mit dem Fuß.

Beanstock kam schwankend um die Ecke des Pubs. Gonzales stieg, so schnell es ging, ein und startete den Motor.

Als der Butler sicher neben ihm saß, sah sich Gonzales den Mann richtig an. Beanstock hatte einen seltsamen Blick.

Er grinste. Sein Haar war durcheinander und die Mütze saß schief auf dem Kopf. Da hatte Gonzales noch nicht die Kleidung gesehen. Er machte die kleine Lampe im Wagen an.

Beanstock begann an der Lampe herumzufummeln.

„Was ist das denn für ein niedliches Ding? Hat jedes Auto so etwas? Wie aufmerksam von dem Autobauer", rief er aus.

„Mr Beanstock? Was ist denn passiert? Hören Sie auf, an der Lampe herumzufummeln, die ist brandneu." Gonzales beugte sich etwas zu dem Butler.

„Wie viel haben Sie getrunken?", fragte er besorgt.

„Ich glaube, einen Whisky zu viel", antwortete Beanstock und lehnte sich bequem in das Polster des Sitzes.

„Ich bin ja eher der Sherryfreund, Whisky ist nicht mein Favorit. Nie wieder Whisky."

„Sie sehen sehr schmutzig aus, Señor Beanstock", sagte Gonzales mit einem abschätzenden Blick auf die Kleider.

„Ich bin gestürzt. Ich war im Haus. Als ich wieder auf dem Hof war, hatte es begonnen zu regnen. Es war sehr unangenehm. Es war neblig. Aber ich habe eine Menge gesehen. Wir müssen noch warten."

„Was denn für Nebel? Was haben Sie gesehen?", fragte Gonzales atemlos.

Beanstock griff in seine Tasche und zog die Karte von Southcoffelton Castle heraus. Dabei griff seine Hand auch das seltsame Ding, das er gefunden hatte. Er nahm es, wischte es sauber und hielt es sich vor das Gesicht. Seine Augen wurden weit.

Gonzales, der es ebenfalls gesehen hatte, zuckte zurück.

„Was im Namen der Hölle ist das? Maldita Sea!", rief Gonzales aus.

„Sie sollen nicht fluchen!", rief der Butler. „Ich darf das schon!"

„Wir sind allein im Auto und ich musste fluchen!", schrie Gonzales zurück.

„Jetzt beruhigen wir uns und sehen uns das Corpus Delicit Delictumanu, ach was, das Ding genau an", sagte Beanstock ruhiger.

Er drehte das Ding hin und her. Aber es war ohne Zweifel ein Glasauge. Wie konnte jemand sein Glasauge verlieren?

„Hatte Mrs Porkpie nicht erwähnt, der neue Mann im Pub hätte einen seltsamen Blick? Man bekäme Angst? Der Vikar Burton hat von einem Glasauge erzählt. Wenn es da auf dem Hof rumkugelt, ist der Besitzer wohl in der HiHaHölle!", rief Beanstock.

Gonzales schüttelte den Kopf. „Ich bekomme grad Angst vor Ihnen!"

„Wissen Sie und eines fällt mir auch schon seit einiger Zeit auf. Dieser Schläger, von dem Herringbone berichtet hatte und der am Haus Dan Dorseys war, der ist auch seit Tagen verschwunden. Ich habe eine sehr schlimme Vermutung. Der Hinterhof vom Pub sollte mal untersucht werden."

„Was denken Sie? Meinen Sie, die sind abgekratzt?", fragte Gonzales.

„Ich würde es anders ausdrücken, aber ja, sie sind nicht mehr am Leben und wurden verscharrt. Vielleicht auf dem Hof des Pubs. Ich bin über Gräber gelaufen", hauchte Beanstock und schüttelte sich angewidert.

„Wir müssen noch warten", sagte Beanstock und gähnte.

„Auf wen warten?", fragte Gonzales überrascht und sah zum Pub hinüber.

„Auf Mortecai. Der war im Pub und wir müssen ihn mit nach Hause nehmen", antwortete der Butler.

„Oh, Señor Beanstock, verdammt, wie viel haben Sie getrunken? Sie sind das nicht gewöhnt. Morgen wird ein schöner Tag für Sie werden. Mortecai ist nicht hier."

Beanstock sah den Chauffeur grinsend an.

„Guter Mann. Nach Hause!", rief der Butler.

Gonzales legte den Gang ein und fuhr zurück nach Parsley Manor.

Es war bereits nach Mitternacht, als die beiden in ihren Betten lagen.

Beanstock sollte seine Beobachtungen Inspector Greenwood melden. Aber heute war es dafür etwas zu spät. Im Grunde genommen wollte er es noch nicht melden.

Er hatte zu viele Eindrücke zu verarbeiten.

Wenn morgen der Nebel fort war, dann vielleicht.

Der Whistler

Als er seinen Kopf endlich hochbekam, sah er erst einmal seine Umgebung verschwommen. Was war passiert? Einen kurzen Moment brauchte er, um sich zu erinnern.

Seine Society, mit so viel Mühe aufgebaut, lag in Scherben. Seine besten Mitarbeiter waren tot. Sein Buster war tot. Dieser dumme Junge hatte sich totgefahren. Konnte ein einzelner Mensch so viel Unglück auf einmal haben?

Irgendetwas stimmte hier nicht. Er würde es herausbekommen und dann würde er sich etwas ganz Besonderes für den Schuldigen ausdenken.

Die beiden Männer auf diesem komischen Blumenfest kamen ihm in den Sinn. Der eine der beiden hatte versucht, ihn niederzuschlagen. Nur das Eingreifen von seinem Buster hatte das verhindert. Da musste er suchen. Das waren die Schuldigen. Er stand ruckartig auf. Leider hatte er vergessen, dass er am Abend vorher ziemlich viel Whisky in sich hineingeschüttet hatte. Darum fiel er sofort wieder schwer auf den Sessel im Kaminzimmer zurück. Denen würde er zeigen, was es hieß, ihn zu bedrohen. Er war eine Institution in der Unterwelt Londons. Die Society wurde gefürchtet. Niemand legte sich mit dem Whistler an.

Früher hatte er diesen Spitznamen nicht gemocht. Aber

nach einer Weile fand er Gefallen daran. Es war ein kraftvoller Name.

Morgen würden seine Leute aus Gravesfort hier sein. Er hat ihnen gesagt, es gäbe etwas zu erledigen. Dann würden sie den beiden Kerlen in Parsley Field einen Besuch abstatten. Er fühlte sich an alte Zeiten erinnert.

Vor dem Krieg war alles viel einfacher. Seine Geschäfte liefen. Paps kümmerte sich um den Pub, Micky verteilte Schläge an unbeugsame Kunden und kümmerte sich um die Gören. Der Whistler stutzte.

Die Gören. Er sah die Bande vor sich. Namen kannte niemand, dafür hatte er gesorgt und es damals für einen Geniestreich gehalten. Diese beiden Brüder in Parsley Field waren vielleicht alte Bekannte. Sie wohnten doch sogar im Haus von Danny Dorsey, der sich vor der Zeit davongemacht hatte. Wenn die beiden nun einen Rachefeldzug veranstalteten? Das musste es sein. Der Whistler war sich sicher.

Es klopfte an der Tür zum Kaminzimmer.

„Was ist!", rief er ungehalten. Der Kopf. Er hatte schon wieder seinen Kopf vergessen. So gut war dann dieser Whisky doch nicht, den er zu diesem günstigen Preis unter der Hand gekauft hatte. Guter Whisky machte nicht solche Kopfschmerzen. Er würde sich auch den Whiskyhändler vorknöpfen müssen.

Die Tür öffnete sich und Pam erschien mit einem Tablett.

„Möchten Sie frühstücken, Chef?", fragte sie, als ob nichts gewesen wäre.

„Stell es schon auf den Tisch. Ich brauche Kaffee, sehr starken Kaffee. Dann schick Cube rein."

Pam stellte das Tablett ab und ging wieder. *Was war dem Chef denn wieder für eine Laus über die Leber gelaufen*, dachte sie noch. Dann brühte sie frischen Kaffee auf und tat sofort mehrere Stück Zucker in die Kanne. Der Chef wollte es immer schön süß. *Was der Mensch will, soll er haben*, sagte sich Pam. Dann tat sie noch ein paar Stück Zucker in die Kanne.

Ein paar Kilometer entfernt begab sich Beanstock in die Garage. Er ging langsam.

Als er heute Morgen die Augen geöffnet hatte, hatte er das Gefühl gehabt, neben sich zu stehen. Sein Kopf musste sich über Nacht vergrößert haben. Steine rollten darin herum und in seinem Ohr rauschte ein Wasserfall. Das Gesicht im Spiegel konnte unmöglich sein eigenes sein.

Was hatte er sich dabei gedacht? Er war so ein vorsichtiger Mensch. Das durfte niemand merken.

Er steckte seinen Kopf in ein Waschbecken mit eiskaltem Wasser. Sobald sein Kopf aber wieder in die Senkrechte kam, schossen Sterne durch sein Gesichtsfeld. Nach der ersten Tasse Tee ging es ihm etwas besser. Er konnte sich an alles einigermaßen erinnern. Aber es gab da ein paar Lücken.

Auf dem Weg zu Gonzales lief Mortecai an ihm vorbei und sah den Butler mit seinen undurchdringlichen Augen an. Beanstock erinnerte sich, dass er glaubte, den Kater im Pub gesehen zu haben. Was für ein Unsinn. Er schüttelte den Kopf. Das hätte er nicht tun sollen. Der Boden schwankte leicht. Beanstock sog die Morgenluft ein. Dann war der Schwindelanfall vorbei.

Zum wiederholten Mal erklärte er dann dem Chauffeur, dass er nicht nach Pilpots fahren sollte. Er hatte ihm seine Beobachtungen mitgeteilt, soweit er es für richtig hielt. Alles wollte er ihm nicht sagen, das hätte ihn noch mehr verunsichert. Ein verliebter unberechenbarer Chauffeur war nicht zu gebrauchen. Wie Beanstock vermutet hatte, wollte Gonzales sofort zum Pub fahren und Pam herausholen. Er machte sich Vorwürfe, dass er nicht hartnäckiger gewesen war. Sie war bestimmt in großer Gefahr.

Beanstock versicherte ihm, dass die junge Frau sicher wäre und man zuerst die Polizei informieren sollte. Vor allem über das Glasauge und Beanstocks Vermutung, dass sich Leichen in der Erde des Hinterhofs vom Pub stapelten.

„Señor Gonzales", begann Beanstock erneut.

Señor nannte er den Chauffeur sehr selten. Das wusste auch Gonzales und er hörte ihm aufmerksam zu.

„Es ist keine gute Idee, jetzt nach Pilpots zu fahren. Vor allem nicht, wenn Sie so aufgeregt sind. Vertrauen Sie mir, wenn ich Ihnen sage, dass die junge Frau nicht in Gefahr ist. Sie könnten die Bande damit warnen und sie zerstreuen sich in alle Winde. Ich möchte Sie um etwas bitten.

Fahren Sie nach Parsley Field. Dort holen Sie den neuen Vikar aus der Kirche ab und vorher sammeln Sie die Brüder Wright ein. Wir müssen endlich einen Konsens mit diesen Leuten finden. Das bedeutet, ich möchte diese leidige Sache endlich klären. Das ist am besten vor Ort. Da, wo alles begann. Vor allem mit den Wrights gilt es zu sprechen. Mir ist da im Pub letzte Nacht etwas aufgefallen, was ich mir nicht erklären kann. Aber ich meine, das ist das letzte Puzzleteil, das uns der Lösung dieser seltsamen Verbrechensserie näherbringt. Sie bringen die drei nach Pilpots."

Beanstock sah auf seine Taschenuhr.

„Es ist jetzt genau siebzehn Uhr. Wir treffen uns in einer halben Stunde vor dem *Three Chattering Ducks*."

Gonzales sah traurig zu Boden.

„Ich soll die Männer in den Pub bringen? Das verstehe ich nicht. Wie kommen Sie dorthin Sir? Zu Fuß?" Gonzales war verwirrt.

„Tun Sie es einfach. Ich werde dort sein. Vertrauen Sie mir", erklärte der Butler.

„Ich bin nur froh, dass die Baronets bis morgen noch in London weilen werden. Ich möchte sie auf keinen Fall in Gefahr wissen", sagte Beanstock mehr zu sich selbst. „Vor allem ist es besser, wenn die Baronets ihren Butler nicht so außerhalb der Form sehen."

Dann kam er etwas näher zu dem Chauffeur.

„Sagen Sie, ich habe mich doch gestern nicht danebenbenommen? Ich habe doch die Haltung bewahrt, oder? Sie müssen mir die Wahrheit sagen", flüsterte er.

Es war niemand außer den beiden Herren in der Garage, aber Beanstock wollte kein Risiko eingehen.

„Señor Beanstock, Sie sind auch in angetrunkenem Zustand noch genau der Mensch, der Sie immer sind, ein vorschriftsmäßiger Butler und ein netter Mann", antwortete Gonzales.

Beanstock war immer noch unsicher, aber er gab sich mit dieser Antwort zufrieden.

Nie wieder ein Whisky zu viel.

In Pilpots stand Pam in ihrem Zimmer und sah sich um. Was für eine armselige Bude. Sie hatte geschuftet und sich nichts gegönnt. Sie hatte gespart und trotzdem war es noch immer nicht genug für ihren Traum, auf eigenen Beinen zu stehen und ein glückliches selbstbestimmtes Leben zu führen.

In dem großen Spiegel neben dem Kleiderschrank sah sie ihr Gesicht. Die kleinen Falten um die Augen wurden größer. Das Leben hatte diese Dinger in ihr Gesicht geschrieben. Wann war sie zum letzten Mal wirklich glücklich gewesen? Aber sie würde es schaffen. Sie hatte es immer irgendwie geschafft. Ihr Traum war so nah.

Pam nahm einen alten Koffer vom Schrank und begann zu packen. Sie musste nun gehen. Unten in dem alten Lieferwagen wartete Cube. Eine treue Seele war er für sie geworden. Sie hatte ihn überredet mitzukommen. Was hielt ihn noch in dieser verdammten Society der Acht? Die war doch am Ende. Alles war am Ende. Sie stopfte die letzten Dinge in den Koffer, griff nach ihrem Mantel und ging, ohne sich umzusehen. Einen winzigen Gedanken verschwendete sie an den Spanier. Er hätte etwas Gutes bedeutet. Aber sie wollte sich nicht mit Gefühlen belasten, die irgendwann doch wieder zu einer Enttäuschung führten. Sie hatte das oft genug erlebt.

Ein letztes Mal sah sie sich im Zimmer um. Sie musste sich beeilen. Wieder einmal machte sie sich auf den Weg. Vielleicht konnte sie gar nicht an einem Ort bleiben? Vielleicht war es ihr Schicksal, immer und immer wieder weggehen zu müssen. Sie seufzte. Als sie sich mit ihrem Koffer der Treppe näherte, hörte sie ein Geräusch. Jemand war im

Gastraum. Lauerte dort unten doch noch der Whistler? Wollte er sie aufhalten? Sie horchte angestrengt nach unten. Sie fühlte nach dem Geld in ihrer Tasche, das sie aus dem Schreibtisch des Whistlers genommen hatte. Das war er ihr schuldig, also hatte sie sich bedient.

In Parsley Field hatte Gonzales seine liebe Not, den Vikar zum Mitkommen zu überreden. Der junge Mann bekam fast kein Wort mehr heraus. Sein Stottern nahm ungeahnte Formen an. Aber schließlich folgte er Gonzales zum Wagen, in dem bereits die Brüder Wright warteten. Sie sahen dem mageren schlotternden Vikar amüsiert entgegen.

„Bist und bleibst ein Angsthase, Thomas. Hast dich kein bisschen geändert. Denkst, die lange Soutane wird es schon richten. Aber im Inneren bleibt man der kleine Feigling aus der Kinderzeit. Da kannst du deine Bibel noch so oft zitieren. Das hilft nicht. Wir bleiben gefangen", flüsterte Edgar dem Vikar Burton zu, als der neben ihm eingestiegen war.

Tim Wright saß vorn neben Gonzales. Er wandte sich zu dem Vikar um.

„Zeig wenigstens einmal im Leben etwas Courage. Sieh mich an. Ich habe meine ewige Angst auch überwunden. Das Schicksal unserer M hat mich geläutert. Danach war alles anders. Ihr Tod war ein Auslöser."

Ein schrecklicher Hustenanfall schüttelte Tim durch. Er hielt sich schnell ein Taschentuch vor den Mund.

Edgar sah ihn ängstlich an.

„Reg dich nicht so auf. Willst du deine Tropfen haben?", fragte er. Aber Tim schüttelte nur den Kopf.

Gonzales war es sehr unbehaglich zumute. Was war das für eine seltsame Anweisung von Señor Beanstock? Die jungen Männer in den Pub zu bringen, war vielleicht nicht so schlimm. Aber was wollte er damit erreichen? Gonzales konnte sich keinen Reim darauf machen. Dabei war er doch der Partner für die kniffligen Kriminalfälle geworden. Jedenfalls hatte er das bis jetzt gedacht.

„No confía en mi. Maldíta Sea, flüsterte er.

Tim drehte ihm sein blasses Gesicht zu.

„Haben Sie etwas gesagt?"

„Ach, ich dachte nur, dass mein Freund mir nicht vertraut. Da falle ich schon mal in mein Spanisch zurück, wenn ich laut nachdenke."

„Wer ist Ihr Freund? Vielleicht liegen Sie falsch und bilden sich das nur ein?", sagte Tim Wright und hielt sich erneut das Taschentuch vor den Mund. Es ging ihm offensichtlich nicht gut. Gonzales sah ihn besorgt an.

Der Wagen bog auf den Platz vor dem Pub ein. Wie zur Unterstützung dieser ernsten Angelegenheit ließ der Himmel sich nicht lange bitten und lieferte das passende Ambiente. Es regnete. Feiner Sprühregen, der durch jede Ritze der Kleidung krabbeln konnte. Graue Nebelfetzen krochen, wie Schlangen auf Beutezug, über den Boden. Gonzales fröstelte, obwohl es Sommer war.

Beanstock wartete an der Tür zum Pub. Als er Gonzales kommen sah, betrat er den Gastraum und sah sich um. Kein Licht brannte, obwohl doch bald die ersten Gäste kommen würden und nach Getränken verlangten. Die Tür zum Kaminzimmer war angelehnt. Dahinter war es genauso dunkel wie im vorderen Teil. Die Tische standen voller schmutziger Gläser vom letzten Abend. Die Stühle waren nicht auf den Tischen und standen kreuz und quer herum, so wie man sie in der letzten Nacht verlassen hatte. Hinter dem Butler kamen die anderen durch die Tür.

Gonzales sah sich erstaunt um.

„Was ist hier los? Warum sieht es hier so aus? Pam konnte nicht aufräumen, weil man ihr etwas angetan hat. Sie haben mich zurückgehalten, Mr Beanstock. Nun ist ihr etwas zugestoßen", sagte Gonzales und wollte an dem Butler vorbeistürmen. Beanstock hielt ihn zurück.

Er ging hinter den Tresen, drückte dort einen Schalter und es wurde etwas heller im Raum. Dann nahm er Gläser zur Hand. Er griff zu einer Flasche, begutachtete das Etikett kurz, war mit der Qualität zufrieden und goss den goldfarbenen Whisky in vier Gläser. Gonzales wurde immer unruhiger. Er verstand Beanstock nicht.

„Wie können Sie hier so ruhig stehen und Whisky einschenken? Wir müssen Pam suchen", sagte er leise. Dabei sah er sich aufmerksam um. Vielleicht lauerte jemand von der Bande in einer der schummrigen Ecken.

Beanstock verteilte die Gläser. Er trank lieber nichts. Er war sich nicht sicher, ob er jemals wieder ein geistiges Getränk zu sich nehmen könnte. Der Vikar lehnte zuerst ab und schlug seine Bibel auf. Edgar schloss das Buch Gottes wieder und hielt ihm das Glas hin.

„Vor dem Glas Whisky musst du dich nicht fürchten. Ich verrate es dem lieben Gott nicht. Hat Jesus nicht auch gern Wasser zu Wein werden lassen?" Er zwinkerte dem Vikar zu, der das Glas widerwillig ergriff und einen winzigen Schluck nahm. Er verzog angewidert das Gesicht. Edgar grinste.

Beanstock hielt das Glasauge hoch, sodass es jeder sehen konnte. „Kommt Ihnen das bekannt vor? Ich fand es im Hof hinter dem Pub. Da Micky und dieser Paps seit Langem nicht mehr gesehen wurden, nehme ich an, sie weilen nicht mehr unter den Lebenden. Wissen Sie etwas darüber?"

Sofort wurde heiß diskutiert. Edgar Wright stellte sein Glas so abrupt ab, dass der gute Whisky heraus schwappte.

„Was fällt Ihnen ein, uns zu beschuldigen, diesen Abschaum umgebracht zu haben? Mein Leben ist mir viel zu kostbar, als dass ich für diese Unmenschen den Strick riskiere", rief er voller Zorn.

„Niemand hat Sie beschuldigt. Ich habe etwas festgestellt. Wenn ich mich nicht ganz täusche, werden wir bald schon einen weiteren Besucher begrüßen können, der die Sache bestimmt besser aufklären kann als ich. Oder, M?"

Der Vikar Thomas Burton wurde blass. Sein schmales Gesicht sah grau aus im schwindenden Licht des Tages.

„Was reden Sie für Unsinn? M ist tot. Micky hat sie sich geschnappt und umgebracht. Ich weiß das, weil ich später nachgeforscht habe. Man hat an dem Abend, als M verschwand, eine Mädchenleiche am Ufer der Themse entdeckt. Die Beschreibung passte genau auf unsere M. Sie ist tot!", rief er aus.

„Halte lieber deinen Mund, E. Du hast doch gar keine Ahnung, wie man auf der Straße zurechtkommen soll. Du hast es doch besser getroffen als wir alle. Du durftest in einem warmen Bett schlafen und man hat sich um dich gekümmert. Wir sind monatelang vor der Polizei geflüchtet. Der Pub war zerstört. Aber wir haben den Bombenangriff überlebt. Was weißt du schon vom Leid anderer?", schimpfte Edgar Wright.

„Ich bin den einzig richtigen Weg gegangen und habe mich davongemacht in jener Nacht. Sei du doch still, Edgar. Du bist schuld an ihrem Tod. Du musstest ja überall in der Villa Licht machen, obwohl M das untersagt hatte. Aber du wusstest ja immer alles besser. Und heute tut ihr beiden so, als wäret ihr Brüder. Der kleine zartbesaitete T und der arrogante Besserwisser O. Ihr habt die Männer auf dem Gewissen. Sagt es schon. Wann habt ihr euch zusammengetan?

Oder seid ihr etwa ein Paar? Das ist nicht im Sinne der Kirche", sagte der Vikar. Er war so aufgebracht von den Anschuldigungen gegen ihn, dass er endlich einmal die ganze Geschichte herausschrie, die ihn seit langer Zeit belastete.

Aber Beanstock wartete auf etwas anderes als die gegenseitigen Schuldzuweisungen der ehemaligen Mitglieder der Kinderbande.

Aus der Dunkelheit der Treppe kamen Schritte. Pam kam langsam herunter. Am Fuß der Treppe stellte sie ihren Koffer ab. Sie war schmal und sehr dünn. Fast könnte man meinen, einen Jungen vor sich zu haben. In der Hand hielt sie eine rote Lockenperücke. Sie trug einen dunklen Hosenanzug und strich mit der Hand über das kurze Haar. Pam lächelte in die erstaunte Runde.

Durch die Hintertür kam Cube. Er hatte eine Maschinenpistole im Anschlag und stellte sich neben die junge Frau.

Beanstock erkannte die Marke. Es war eine Beretta aus dem Zweiten Weltkrieg. Sie war etwas in die Jahre gekommen und rostig an einigen Stellen, aber sicher noch voll funktionstüchtig.

Gonzales wollte einen Schritt nach vorn machen.

Beanstock hielt ihn am Arm zurück und schüttelte bedauernd den Kopf.

„Hör auf deinen Freund, Enrico. Es ist besser so. Ich bin kein nettes Mädchen von nebenan, mit dem man vor den Traualtar tritt. Ich habe meinen Job hier erledigt. Es bleibt nur noch eins zu tun. Das tut mir sehr leid, aber es geht nicht anders", sagte M oder Pamela mit richtigem Namen.

„Was soll das bedeuten?", fragte Gonzales und zerrte seinen Arm von dem Butler weg. Aber die Frau lächelte nur und schlenderte zu ihnen.

„Wenn Sie uns doch umbringen werden, können Sie uns auch erzählen, was Sie getan haben, Miss Pam. Ich kenne Ihren Namen. Es war Ihr Zimmer im Pub, das ich durchsucht habe. Der einzige abgeschlossene Raum, die vielen verschiedenen Perücken und Hüte im Schrank, das lange schwarze Kleid, das Korsett mit den Einlagen, damit Ihre Figur weiblicher und üppiger wirkt. Und natürlich dieser Hosenanzug, in dem Sie übrigens sehr gut aussehen. Das Buch über die giftigen Amphibien, in denen Ihr Name stand, Pamela. Pfeilgiftfrösche gehören zu den gefährlichsten Fröschen Südamerikas. Was haben Sie mit diesem Wissen angestellt?

Und letztendlich das Gemälde an der Wand. Sie haben es als alte Frau verkleidet am Tag des Blumencups von Ihren alten Freunden gekauft, nicht wahr?"

„Ich wusste, das war ein Fehler. Aber ich wollte das Bild haben. Es war eine Erinnerung an unsere Zeit im Keller. Tim konnte schon damals so gut malen, obwohl er noch so klein war." Sie warf einen schnellen Blick zu Tim Wright, der sich schwer auf einen Stuhl fallen ließ.

„Paps und Micky haben es nicht anders verdient und der Whistler kann nun auch niemandem mehr wehtun. Er war so ein Naschkätzchen. Der Kaffee musste süß sein. Da merkte er gar nicht, was er sonst noch damit in seinen bösen Schlund hineinkippte", sagte Pam. Dann sah sie zu Cube.

„Cube hat mich gerettet. An jenem Abend sollte mich Micky zur Themse bringen und dort verschwinden lassen. Aber ein wichtiges Geschäft kam dazwischen und Cube wurde beauftragt. Niemand wusste, was für ein weicher Kerl mein Cube ist. Er hat mich laufen lassen. Glück für mich, dass ein Mädchen gefunden wurde, das mir ähnelte, Pech für das Mädchen."

„Wie haben Sie Micky, Paps und natürlich auch Buster umgebracht? Nun Busters Tod ist ja klar, die Bremsleitung wurde manipuliert. Was war mit Paps und Micky?", wollte Beanstock wissen.

Sie lächelte.

„Paps hatte einen bösen Unfall. Er stürzte auf der Kellertreppe. Vorher musste ich ihn natürlich etwas überreden. Aber dann ging es sehr schnell. Sein Glasauge rollte wie eine Murmel durch die Gegend.

Micky war ein besonders schöner Treffer. Dieser arrogante Kerl mit seinen Hüten.

Es war so einfach.

Ich habe die Innenseite des Hutes mit Parathion bestrichen und eine Nadel an der Innenseite platziert. Natürlich hat er das Ding sofort auf den Kopf gedrückt. Schön war das."

„Oh ja, im Volksmund Schwiegermuttergift genannt. Ein heimtückisches Kontaktgift. Aber sehr effektiv", sagte Beanstock. Er wusste, da war bereits ein Hauch von Wahnsinn in ihren Worten. Aber einmal begonnen, hatte die junge Frau mehr zu sagen.

„Buster Malone hätte davonkommen können. Er war damals selbst noch ein Kind. Aber als er sich beim Whistler einschleimte und mir dumm kam, hatte ich keine Wahl. Ihm wurden seine rasante Fahrweise und sein Hang zu schnellen Autos zum Verhängnis.

Und last but not least, der Chef des ganzen Geflechts aus Betrug, Mord, Prostitution und Menschenhandel. Ich sagte es bereits, er war eine Naschkatze. Das Gift des Frosches hatte ich schon lange für ihn aufgespart. Ich war eine Zeit lang in Südamerika. Zog mit einem Wanderzirkus durch die Welt. Da habe ich es mir besorgt. Er hatte einen interessanten Tod, so wie er es verdient hat. Wie seltsam er mich angesehen hat, als ich die Perücke abnahm. Im letzten Hauch seines bösen Lebens hat er mich erkannt.

Nur Sie, Mr Beanstock, es tut mir fast leid um Sie. So ein cleverer Mann. Als ich Sie gestern im Pub sah, habe ich gewusst, dass keine Zeit mehr blieb. Sie müssen sich besser verkleiden. Ihr vorschriftsmäßiger Butler kommt immer durch. Ich kann mich sehr gut tarnen.

Aber Ihren kleinen Ausflug nach oben in mein Zimmer

habe ich doch glatt übersehen. Bravo!"

Gonzales konnte kein Auge von Pam lassen. Er hätte sie auf der Straße niemals wiedererkannt. Auch wenn sie ganz nah an ihm vorbeigegangen wäre. Sie sah fast aus wie ein Junge. Aber das war ihm egal. Er war nur wahnsinnig enttäuscht. Sie hatte mit ihm gespielt.

„Warum hast du mir das angetan?", fragte er jetzt.

„Ach Enrico, du dummer Junge, was hätte ich denn tun sollen? Ich habe ja versucht, dich zu verschrecken. Immer kamst du wie ein ausgesetzter Welpe zurück. Es tut mir leid, aber es konnte mit uns nichts werden.

So meine Herren, nun aber Schluss. Cube und ich haben eine weite Reise vor uns."

Pam trat zur Seite und machte Cube Platz.

„Was soll das heißen?", schrie nun Edgar.

„Bist du verrückt geworden? Was haben wir dir jemals getan? Warum willst du uns auch umbringen?"

Vikar Thomas Burton hatte sich scheinbar in sein Schicksal gefügt und kniete auf dem Boden, die Bibel geöffnet vor sich, und zitierte Bibelverse. Ihm würde es vielleicht helfen.

Tim Wright sagte nichts. Er saß auf dem Stuhl und war ganz still geworden.

„Weil ihr mir nicht geholfen habt, ihr verdammten Feiglinge!", schrie ihnen Pam entgegen. „Ich war ein Kind! Ihr habt gedacht, die schlaue M ist schon erwachsen, aber ich war ein Kind und ich hatte genau so viel Angst wie ihr!"

Cube lud das Gewehr durch und legte an. Es würde sehr schnell gehen. In diesem Gewehr waren genug Patronen.

Aber er schoss nicht. Er senkte das Gewehr und ließ es

dann fallen. Pam sah sich panisch zu ihm um.

Was tat denn dieser Dummkopf?

Er hatte doch nicht Mitleid?

Hinter dem riesigen Cube tauchte Inspector Greenwood auf. Seine Pistole war auf Cube gerichtet und daneben erschien Inspector Morris aus London. Constable Donegal stand mit gezogenem Knüppel und Handschellen bereit.

Es war vorbei.

„Sie haben das vorher gewusst und uns alle in dem Wahn gelassen, gleich zur Hölle zu fahren?", rief Gonzales und musste sich setzen.

Vikar Burton erhob sich von den Knien und gab zu bedenken, dass er nicht in die Hölle gefahren wäre, ganz bestimmt nicht.

Edgar verdrehte die Augen und nahm einen großen Schluck aus seinem Whiskyglas. Er legte seinem Freund die Hand auf die Schulter. Tim Wright, der eigentlich Tim Porter hieß, kippte vornüber vom Stuhl. Beanstock beugte sich zu ihm und fühlte nach dem Puls. Edgar liefen Tränen über das Gesicht. Er sah den Butler fragend an.

„Er lebt noch. Der Puls ist schwach, aber er lebt. Gonzales, rufen Sie Dr. Winterbottom, schnell!", sagte Beanstock zu Gonzales. Pam saß in Handschellen auf einem Stuhl und rührte sich nicht. Er lief an ihr vorbei zum Kaminzimmer. Dort stand das einzige Telefon, wie Gonzales wusste. Den Leichnam auf dem Boden streifte er nur mit einem kurzen Blick. Die Augen des Whistlers standen weit offen.

Sein Gesicht sah bläulich aus und irgendwie erstaunt.

Er hatte wohl nicht erwartet, dass eines der Kinder aus

dem Keller eines Tages zurückkommen würde, um sein Leben zu beenden.

Dr. Winterbottom war in seiner Wohnung und meldete sich. Er machte sich sofort auf den Weg. Kaum zehn Minuten später fuhr sein Wagen auf den Platz vor dem Pub.

Zuerst war er überrascht. Mr Beanstock und der Chauffeur der Baronets in einem Pub in Pilpots, daneben eine junge Frau und ein riesiger Mann in Handschellen, Inspector Greenwood und Constable Donegal, der eifrig schrieb. Was war das für eine seltsame Versammlung?

Dann kümmerte er sich um den Patienten. Er gab ihm eine Spritze und hörte auf die scheppernden Geräusche aus seiner Lunge. Tim kam zu sich. Man hatte ihn auf eine der gepolsterten Bänke gelegt.

„Er muss sofort in ein Krankenhaus", verkündete der Doktor. Er stand auf.

„Wo ist das Telefon?", fragte er in die seltsame Runde. Gonzales brachte ihn in das Kaminzimmer. Hier kam die nächste Überraschung für den guten Doktor. Er sah kurz auf die Leiche und schüttelte den Kopf.

„Was hat dieser Butler nur an sich, dass sich bei ihm immer die Toten stapeln?", fragte er Gonzales.

„Ach, das ist so eine Sache. Wir denken, im Hinterhof liegen noch zwei", antwortete Gonzales und erntete ein Stirnrunzeln von dem Doktor.

Dann nahm Dr. Winterbottom den Hörer vom Telefon, wählte die Nummer des Krankenhauses in der nächsten Kleinstadt und bestellte einen Krankenwagen.

Nach einer halben Stunde gellte die Klingel durch den

beginnenden Abend und brachte alle Bewohner aus Pilpots auf die Straße.

Als sie feststellten, dass es um den neuen Pub ging und dass erst einmal Schluss war mit dem lustigen Leben im eigenen Ort, gingen die meisten Leute zurück in ihr Haus und brühten erst einmal Tee auf zur Beruhigung. Was für ein Desaster. Nun mussten die Herren wieder nach Parsley Field in den *Jack O`Lantern*.

Als Gonzales wieder zurück im Gastraum stand, hatte man Pam und Cube schon weggebracht. Inspector Morris hatte sich an Beanstock gewandt und ihn herzlich begrüßt.

„Na, das ist doch was. Ich hätte nie gedacht, dass Sie sich schon wieder in einen meiner Fälle einmischen. Aber dadurch treffe ich wenigstens meinen guten Freund Greenwood endlich wieder. Ich werde noch ein paar Tage hierbleiben und die Untersuchungen leiten. Endlich ist diese Society der Acht zerschlagen. Die haben mir seit Langem Kopfschmerzen bereitet."

„Ich bin neugierig, Sir", sagte Beanstock. Das hätte er nicht noch betonen müssen. Das wussten hier schon alle Anwesenden. „Ist denn die gesamte Bande damit zerschlagen? Soviel ich weiß, gab es hier im Pub immer einmal Treffen von Mitgliedern. Ich denke, Sie werden im Zimmer vom Chef der Bande etwas finden. Wenn Sie Glück haben eine Liste mit Namen und Orten. Ich denke da an den Nachbarort Gravesfort."

Inspector Greenwood und Inspector Morris sahen sich kopfschüttelnd an.

„Mr Beanstock, Sie können jetzt gehen. Wir schaffen das

hier auch ohne Ihre Hilfe. Die anderen Herren können auch gehen. Wir melden uns für Ihre Aussagen", sagte Greenwood und wies auf die Tür.

Edgar war mit im Krankenwagen bei Tim und unterwegs ins Krankenhaus. Sein Gesundheitszustand war schlimm, aber der Arzt machte den beiden Mut, dass alles wieder in Ordnung kommen würde. Dann könnten die beiden auch auf die selbstgemachten Hausmittelchen verzichten, über die der Doktor nur den Kopf schütteln konnte.

Der Vikar war froh, zurück in Parsley Field zu sein, und lief mit wehender Soutane in die alte Kirche zu einem Gebet.

Gonzales hatte auf der gesamten Fahrt kein Wort gesagt. Beanstock beobachtete ihn. Dann hielt der Chauffeur vor dem Haus. Beanstock machte keine Anstalten auszusteigen.

„Es tut mir sehr leid", sagte er leise.

„Ich weiß", sagte Gonzales. „Ich hätte es vielleicht lieber früher erfahren, das ist alles. Sie sollten nicht immer alles für sich behalten. Damit könnten Sie auch einmal einen Freund verletzen."

Beanstock schluckte. So hatte er das nicht betrachtet. Er stieg aus und bevor Gonzales den Wagen in die Garage fahren konnte, beugte er sich noch einmal zu ihm und klopfte an das geschlossene Fenster.

Gonzales kurbelte es herunter.

Er sah den Butler nicht an.

„Kommen Sie doch noch einmal in die Küche. Ich bin sicher, Mrs Argyle hat ein Nachtmahl für uns aufgehoben. Wie wäre es mit einem guten Whisky? Oder etwas anderem? Ich werde natürlich nichts anrühren, eine lange, lange Zeit nicht." Diese Worte waren Beanstock bestimmt nicht leichtgefallen.

Gonzales sah zu ihm und nickte leicht.

„Bis gleich, Señor Beanstock."

Es war wieder alles in bester Ordnung auf Parsley Manor.

Die Baronets kamen am nächsten Tag mit ihren Freunden vorgefahren.

Im Haus standen Tee und Gebäck bereit.

Es war ein herrlicher sonniger Tag. Kein Fitzelchen Nebel kroch über den Boden. Kein Tropfen Wasser kam vom Himmel.

Auf der hinteren Terrasse war der Tisch gedeckt.

Das Gepäck der Baronets wurde von Harrison nach oben getragen zusammen mit dem Berg an Tüten und Kartons mit neuen Kleidungsstücken und Hüten.

In Harrisons Schrank lagen eine gesäuberte Cordhose und ein sauber gewaschener Pullover.

Lucinda tanzte wie ein Tanzbär mit Junior durch den Garten.

Herringbone pflanzte Sommerblumen.

Mortecai beobachtete Junior und wartete auf einen günstigen Moment, um ihn seine Krallen spüren zu lassen.

Die Baronets und ihre Freunde vom Southcoffelton Castle setzten sich auf die Terrasse und ließen sich den guten Kuchen von Mrs Porkpie schmecken.

„Na, Beanstock!", brüllte Sir Percival so laut, dass Lady Marjorie ihren Tee verschüttete.

„Perci!", schimpfte Lady Fedora.

„Wollte ja nur fragen, wie es unseren Leuten hier ergangen ist. Kann mir denken, dass es langweilig war. Wenn wir nicht da sind, ist ja nicht viel los, oder Beanstock?", sagte Sir Percival nun etwas leiser.

Beanstock verneigte sich leicht, lächelte und schenkte Tee nach.

„Wie Sie sagten, Sir. Es gab keine Vorkommnisse. Aber langweilig ist dem Personal natürlich niemals. Dafür sorge ich schon."

Er war wieder ganz der Alte.

Nach einer Woche war die Spurensicherung endlich fertig mit den Arbeiten. Im Zimmer des Bandenchefs fanden sich Listen mit Namen, die zu weitreichenden Festnahmen nicht nur in London, sondern auch in Manchester, Glasgow und Gravesfort führten. Die Society der Acht war zerschlagen. Die Lücke, die der Whistler hinterließ, wurde sofort und mit viel Engagement durch eine andere Bande neu besetzt. So war das Leben. Des einen Leid ist des anderen Freud.

Hinter dem Pub *Three Chattering Ducks* in Pilpots fand man zwei Tote. Viel zu tun für den Rechtsmediziner Dr. Seeker. Er beschwerte sich nicht. Das war seine Arbeit. Dem einen Toten fehlte ein Auge und neben der anderen Leiche hatte man einen hässlichen blauen Hut mit einer Feder begraben. Das fand dann sogar Dr. Seeker seltsam.

Beanstock – Mord auf Parsley Manor
Beanstocks erster Fall: Ein untergetauchter Spion und eine geheimnisvolle Mordserie.

Beanstock – Das Gänseblümchenkomplott
Beanstocks zweiter Fall: Eine Selbstmordserie in London und die geheime Dienstbotenverbindung Daisy Chain.

Beanstock – Die Barke des Teremun
Beanstocks dritter Fall: Ein geheimnisvoller Skarabäus und eine skrupellose Grabräuberbande.

Beanstock – Mörder an Bord
Beanstocks vierter Fall: Eine turbulente Kreuzfahrt und ein mörderischer Betrüger.

Beanstock – Ein Whisky zu viel
Beanstocks fünfter Fall: Eine kriminelle Londoner Society und ein mörderischer Rächer.

Das sagen die Leser:
„Für mich kann dieser Fall ("Mörder an Bord") mit den Fällen der von mir so geschätzten Agatha Christie mithalten…" (Max S.)

Weitere Infos unter: awbenedict.de/beanstock